W0214931

LA FERME DU PARADIS

BERNARD COMMENT

LA FERME DU PARADIS

roman

ALBIN MICHEL

Collection littéraire dirigée par Martine Saada

« Les pays sont séparés les uns des autres par une frontière. Passer une frontière est toujours quelque chose d'un peu émouvant : une limite imaginaire, matérialisée par une barrière en bois (…), suffit pour tout changer : c'est le même air, c'est la même terre, mais la route n'est plus tout à fait la même, la graphie des panneaux change, les boulangeries ne ressemblent plus tout à fait à ce que nous appelions, un instant avant, boulangerie, les pains n'ont plus la même forme… »

Georges Perec, *Espèces d'espaces*

Camille de cinq à sept

1

Cela nous est arrivé très rarement de dîner ensemble, tous les deux, en tête à tête, Alain et moi. D'habitude ce sont des déjeuners, amicaux, complices, à la pleine lumière du jour, j'étais donc particulièrement heureux de cette exception, dictée par des agendas trop pleins. Quoique parti très en avance, j'étais déjà un peu en retard. Toujours ce problème des contrôles policiers, avec resserrements de chaussée, papiers, coffre, vérifications par téléphone et le sifflement des drones dans le ciel. Près de quarante minutes pour traverser la place Denfert-Rochereau qui portait son nom mieux que jamais. C'est pour cela qu'Anne n'avait pas voulu s'y installer, autrefois, un appartement nous y attendait, qu'elle avait hérité de ses grands-parents, un quartier idéal pour nous, je travaillais à côté, elle non loin, mais le nom lui déplaisait. J'avais ri dans un premier temps, mais non, elle avait cela en tête, place d'Enfer, et c'est elle qui avait raison, la place s'était bien appelée ainsi, avant d'être rebaptisée place Denfert-Rochereau du nom du valeureux gouverneur qui dans son fort de Belfort avait tenu tête à l'ennemi prussien en 1871 quand le général Bourbaki se prenait une rouste à quelques kilomètres de là, dans une nuit sans lune et sans éclat du petit village d'Héricourt. Anne secouait la tête, « pas question d'habiter en Enfer, jamais ! », et aussitôt elle riait, d'un rire difficile à interpréter. Il semble qu'un drone de l'armée ait percuté un taxi volant, quatre ambulances et deux camions de pompiers délimitaient un quadrilatère d'urgence du côté du boulevard Arago, les automobilistes s'énervaient, vitupéraient. Un hélicoptère de secours est arrivé, il s'est posé à l'intérieur du quadrilatère, ça a semblé calmer tout le monde pendant quelques minutes, puis les klaxons ont repris leur concert cacophonique. Des gendarmes passaient de véhicule en véhicule en pointant leur lampe laser, comme s'ils avaient traqué un coupable, cherchant probablement à identifier des visages douteux à leurs yeux, ils se sont attardés autour d'une Skoda grise, en ont fait sortir les occupants, trois gars moustachus un peu débraillés, le feu est passé au vert, la rue s'est débloquée, j'ai tourné vers la rue Froidevaux et j'ai profité de la première place libre pour me garer. Ça m'arrive rarement de sortir le soir. J'en ai perdu l'habitude à la disparition d'Anne, il fallait garder Olivier, mutique depuis la mort de sa mère et qui a vite transformé son mutisme en une hostilité exprimée par mots brefs, comme si je le dérangeais, comme s'il n'acceptait pas que je sois moi le survivant, comme s'il avait quelque chose à me reprocher sans le formuler. Mais il ne lui viendrait pas à l'idée d'aller vivre ailleurs, à passé vingt-cinq ans pourtant. L'appartement a beau être assez grand, il est devenu étouffant. Et tout à coup, je respirais l'air de la rue humide comme un petit vent de liberté.

Alain était sans doute déjà installé à table, il a dû arriver en avance, comme à son habitude. La pluie s'était un peu calmée, et avait même cessé quand j'ai franchi la porte large ouverte. Le garçon m'a glissé : « Il vous attend. » À vrai dire, je découvrais presque ce restaurant. J'y avais mangé sur le pouce, cinq ou six ans auparavant, au sortir de la pandémie. Un vestiaire ? Non, je préférais garder mon imper avec moi, sur le dossier de la chaise, sans bien savoir pourquoi. Alain avait bonne mine. Ça me faisait plaisir. On pouvait dire qu'il s'en était sorti. Qu'il avait traversé le plus dur, en tout cas. Des mois de traitement pénible, de fatigue, de nausées. Et là, il esquissait un sourire, teinté d'ironie comme toujours, en secouant la tête. Il avait commandé une bouteille de vin blanc frais, bien que ce fût le soir – j'hésite la plupart du temps à boire du vin blanc le soir, par crainte de l'insomnie. Lui, de toute façon, dort mal. J'ai parfois l'impression qu'il ne dort jamais. Qu'il est un funambule dans nos vies, pâle, un peu hagard, grand lecteur, grand rêveur mais les yeux ouverts. C'était un Rully. Minéral. Sec. J'ai demandé de petites olives, n'aimant pas boire de l'alcool à jeun. La salle était intelligemment conçue, avec des séparations vitrées pour atténuer le brouhaha. Tout à coup j'ai tâté les poches de ma veste, puis celles de mon pantalon.

– Zut, j'ai dû oublier mon portable.

J'ai cherché encore une fois dans toutes les poches de

ma veste et celles de mon pantalon, puis dans l'imper, mais non, il n'y était pas.

– Je l'ai forcément laissé dans la voiture, j'ai reçu plusieurs appels pendant que je traversais interminablement la place Denfert, et un dernier juste avant de me garer.

– C'est embêtant ? a demandé Alain d'un ton hésitant.

– Oh bon, un vendredi soir, je peux déconnecter pendant deux heures.

– S'il ne se voit pas trop à l'intérieur de la voiture ça va, a-t-il poursuivi du même ton entre interrogation et inquiétude.

– Normalement non, les vitres sont un peu teintées.

Ce qui le transformait, c'est qu'il n'avait pas de cernes, ou presque. Ses yeux avaient repris toute leur vivacité. Nous allions nous parler en amis, de notre vie, de notre travail, de nos bêtises. Nous allions nous parler comme seuls des amis savent le faire entre eux. Il s'est souvent inquiété pour moi, pensant que j'aurais dû refaire ma vie, et surtout éloigner Olivier, il trouvait insensé que je continue de l'héberger alors qu'il gagnait sa vie et gâchait la mienne. Il était aussi avide du récit de mes aventures, rares, brèves, je lui décrivais les femmes rencontrées, il demandait des détails auxquels je me refusais, et puis ce n'était pas de l'amour, on ne peut parler que de l'amour, sinon ça devient scabreux. Quant au fils d'Anne, j'ai perdu toute capacité de jugement. Il est là, il m'ignore, j'ai l'air de l'exaspérer. Ce qui m'agace le plus c'est sa façon de claquer les portes, sans cesse.

Alain s'est mis à me narrer dans le détail sa perte

de plusieurs documents, permis de conduire, carte Vitale, cartes de fidélité, il ne savait pas du tout où il avait pu les égarer, avait refait dans sa tête tous les parcours effectués pendant les trois jours entre sa dernière utilisation d'un de ces documents et le constat de leur disparition, en vain. Le plus embêtant, c'était le passeport, bien sûr, à cause des visas, de nombreux visas dont certains étaient encore valides, et ce sont désormais des démarches compliquées, de refaire une pièce d'identité, il n'a pas le courage de s'y atteler. « De toute façon, à quoi bon voyager, c'est la même merde partout » a-t-il prononcé avec une insondable douleur qui plissait son visage. Il s'est tu, puis tout à coup, il m'a lancé :

– Et s'il sonne ?

– S'il sonne ?

– Ton portable.

– Ah oui, s'il sonne, ça va faire de la lumière. Mais qui m'appellerait à cette heure ?

– En effet, un vendredi, ce ne sera en tout cas pas le boulot.

– En plus, il pleuvine, et je ne suis pas garé tout près, j'ai mal calculé mon coup. J'ai pris la première place que je trouvais, sans évaluer correctement la distance.

Alain semble chercher un sujet de conversation, pour me changer les idées peut-être, il évoque leur recherche d'appartement, sa femme est partie pour le week-end, une obligation professionnelle, les propositions immobilières sont rares, et plutôt décevantes, mais avant-hier, il a visité quelque chose qui pourrait se révéler très habitable, avec un bon architecte.

– C'est une passion, chez vous, je lui dis, de chercher sans cesse une nouvelle habitation.

– Un peu. Ou non. Et puis, par les temps qui courent, on n'a pas vraiment ça en tête. C'est incroyable comme l'Histoire semble se répéter. Alors un appartement, on peut le perdre d'un jour à l'autre. Confisqué. Occupé. Redistribué. L'administration est inventive. Le mieux, c'est la voiture. Ma seule vraie passion en fin de compte, c'est les bagnoles. D'ailleurs, j'hésite à changer.

Son dernier coup de cœur est un modèle hybride, l'électrique c'est encore trop tôt, et qui sait si l'hydrogène ne lui brûlera pas la politesse, je trouve ça drôle comme expression, « brûler la politesse », pour de l'hydrogène, et ensuite je lâche la conversation, je pense au téléphone, à la luminosité des appels, ou pire, des simples notifications, Instagram, *Le Monde*, *L'Équipe*, Cafeyn. Tout à coup ça m'obsède. Alain s'interrompt, il me regarde fixement. Je secoue la tête.

– Tu as raison, je vais aller le chercher.

– Ton téléphone ?

– Oui. J'avais oublié les notifications. Il va s'allumer sans arrêt. Je préfère m'enlever ça de la tête. Tu ne m'en veux pas ?

– Bien sûr que non.

– J'en ai pour cinq minutes. Disons, aller-retour, dix douze minutes. Tu veux qu'on commande d'abord à manger ?

– Oh non, je n'ai pas si faim que ça, on a tout le temps.

2

La pluie a repris à plus forte intensité, une chaude pluie d'été. Il fait doux, je l'avais à peine remarqué, mais là, en pressant le pas, je commence à transpirer sous l'imper. Les boutiques éteignent leurs lumières, les commerces de bouche évacuent les poubelles. Il y a du monde dans les restaurants, les cafés. La librairie vient de fermer, l'employée tourne la clé derrière le dernier client. Seule la boulangerie reste ouverte. Et le petit arabe du coin, mais lui, c'est pour la soirée, ou une partie de la nuit. Tout à coup j'accélère, comme poussé par une urgence.

« Rien ne sert de courir ! » La voix provient d'une terrasse couverte, de l'autre côté de la rue Daguerre. Un timbre légèrement nasal, mais clair. Je tourne la tête et regarde la femme, jeune, du moins plus jeune que moi, assez nettement. Elle est seule, debout, un verre à la main. Un verre à vin. Deux gendarmes en faction se sont aussitôt approchés, vigilants, avant de repartir. Je dois avoir l'air surpris.

« Oui, rien ne sert de courir ! Vous connaissez la fable… »

Je m'arrête, indécis, comme bloqué par sa phrase. Elle tend son verre dans ma direction, d'un geste amical.

– On se connaît ? dis-je d'une voix incertaine.

– Oui, là, on a l'air de faire connaissance.

J'esquisse un signe de la main, dans l'idée de poursuivre ma course, car il faudrait à présent courir, sous la pluie drue.

– Allez, je vous commande un verre. Le même que moi.

Elle porte une robe à manches courtes, ou plutôt, sans manches, ses épaules sont nues. La température l'indiffère, on vient d'entrer dans l'été, après tout. J'ai cinquante ans et des poussières. Elle doit en avoir quarante, ou moins. Plutôt trente-cinq. Ses lunettes se rehaussent quand elle sourit, venant presque toucher ses cheveux châtains, de longs cheveux bouclés. Mon imper dégouline de pluie, je le pose sur une chaise et me trouve à présent tout près d'elle. J'aime son parfum légèrement musqué. Elle tord la bouche, écarquille les yeux. Nous nous asseyons sur des chaises humides. Il fait chaud, comme une moiteur tropicale. Les minutes s'écoulent en silence. Parfois, une sirène de police ou d'ambulance s'approche et s'éloigne. Je ressens comme un soulagement de ne pas être seul pour une fois, d'entendre une respiration à mes côtés, de sentir un regard bienveillant.

3

La lumière blanche des réverbères se glisse entre les rideaux mal tirés. Il y a bien longtemps que je n'avais pas dormi dans un hôtel parisien. Toutes mes rencontres intimes avaient eu lieu dans le charme douillet des auberges de province, loin d'Olivier et de tout risque de lui tomber dessus ou de me faire surprendre. J'ai aimé la devanture boisée de l'établissement, les drapeaux, cinq ou six, accrochés à de courtes hampes, en faisceau, dans la vitrine, et l'inscription blanche, « Hôtel tout confort à prix modérés ». Il nous fallait une chambre. N'importe quelle chambre. Le veilleur de nuit était pressé de retourner à ses activités, sans doute un film qu'il regardait sur son ordinateur, dans une petite loge à l'arrière de la réception. J'ai réglé d'avance. Il a rapidement noté mon nom sur la fiche, un numéro de téléphone, il a fait une photocopie de mon passeport, « vous êtes français il y a donc moins de problèmes », et m'a tendu la clé, une grosse clé ancienne à pompon rouge bordeaux. Camille restait en retrait, elle semblait gênée, et presque angoissée. Dès la porte refermée derrière nous, elle a retiré son manteau et s'est approchée tout contre moi, elle m'a embrassé, longuement, sa langue effilée frétillait dans ma bouche, je la plaquais contre moi par la taille, elle devait sentir mon excitation, immédiate. De sa main droite tendue, elle a éteint la lumière blafarde du plafonnier.

Comme souvent, je me suis réveillé d'un coup, au milieu de la nuit. J'ai cherché mon téléphone, par réflexe, et me suis levé pour aller récupérer ma montre dans la poche du pantalon, je me souvenais l'y avoir glissée, geste inhabituel, au moment où je me déshabillais dans la pénombre, Camille était déjà allongée sur le lit, nue, blanche, les bras relevés, je voyais son pubis comme une tache noire au milieu de la blancheur devinée de son corps alangui, et sa chevelure déployée sur l'oreiller.

Le dégagement autour du lit est minuscule, car il y en a un deuxième, petit, séparé par un demi-mètre tout au plus. Je vais pisser sans allumer, m'asseyant sur la cuvette par précaution, puis je reviens à tâtons, et m'allonge sur le petit lit, pour ne pas la déranger, ne pas la réveiller. C'est l'effet du vin blanc. Je ne vais plus dormir de la nuit. Ou à l'aube, aux premières lueurs du jour, comme ça m'arrive de plus en plus. Heureusement, je n'ai pas de réveil à programmer. Je m'empêche de réfléchir, de faire des plans. Finalement je regagne le grand lit, enfin, pas si grand, ni très large. Camille dort en chien de fusil, avec parfois des sortes de halètements, visage froncé, il y a des perles de sueur sur son front, elle prononce quelques mots indistincts, se tourne sur le dos, sans s'éveiller. Je remonte le drap sur ses seins, de beaux seins aux aréoles bien dessinées. Sa respiration est plus calme à présent. Elle est émouvante. Je n'ai plus éprouvé un tel sentiment depuis longtemps. Un étonnement presque douloureux devant la beauté. J'avais connu cela à ma rencontre avec Anne. Les premiers mois, les premières années, je pouvais passer des heures à la regarder dormir. Et voilà, ça revient. Sans que je ressente de peur. Quelque chose qui est là, qu'on voudrait peut-être saisir, attraper, tout en sachant que c'est immatériel, et qu'aucune main n'est d'aucune aide. C'est là, flottant comme un mystère. C'est là, c'est vide, et ça procure pourtant un étrange sentiment de plénitude. En y repensant, je me dis que cela trottait confusément dans ma tête depuis plusieurs semaines. Un besoin de lancer les dés, de tenter quelque chose d'autre, de nouveau. Malgré les temps qui courent, comme dirait Alain. C'est tout de même une drôle d'expression, « les temps qui courent ».

4

Le petit déjeuner est servi dans la salle attenante à l'accueil, quatre tables les unes sur les autres, toutes occupées, et le buffet est triste à mourir. Camille reste debout, les bras croisés sur son torse, indécise, dépourvue. Je lui propose d'aller prendre notre café dans le même endroit qu'hier soir, ça semble la rassurer, et ça la surprend tout autant. La pluie menace à nouveau. Je passe rapidement par la voiture pour récupérer mon téléphone. Dix-sept appels en absence. La moitié viennent d'Alain, qui a aussi laissé deux textos. il est inquiet, ne comprend pas. Je lui réponds en une phrase. « Un imprévu, tout va bien, je t'appelle dès que possible. » Évidemment, pas le moindre signe d'Olivier. Ce n'est pas une surprise. A-t-il seulement remarqué que je n'étais pas rentré de la nuit ? D'habitude, je le préviens de mes absences, par un mot écrit laissé sur la table à l'entrée, bien en évidence.

Camille a pris un cappuccino et un croissant, elle me regarde arriver avec des yeux très tendres. Je demande la même chose au garçon, celui d'hier, il nous reconnaît et sourit, je commande aussi deux oranges pressées. Elle me regarde, silencieuse, prend sa respiration, et me lance : « Je pars faire la saison sur la Côte. Tu ne viendrais pas avec moi ? » Elle sourit, avec une drôle de grimace enfantine qui découvre ses dents bien blanches. Je prends le journal qui traîne sur la table voisine, pour les prévisions météo. « Il fait beau dans le Sud. » Camille secoue la tête. « Ah bon ? fait-elle. Raison de plus pour m'accompagner. »

5

Le jour de mon vingtième anniversaire, j'étais revenu dans ma ville natale, chez mes parents, une des dernières maisons avant les pâturages et la forêt. Ma mère avait tenu à réunir quelques amis, un peu de la famille restreinte que nous formions vaille que vaille, une dizaine de personnes autour de la table ronde agrandie spécialement grâce à un plateau ajouté, pour un déjeuner préparé avec soin, et au moment du dessert, j'avais prétexté l'achat nécessaire et urgent de cigarettes pour m'éclipser quelques minutes. J'avais garé la voiture de mon père devant le kiosque de la gare, choisi une des deux marques que je fumais habituellement, la plus saucée, des Craven A, j'aimais avant d'en allumer une tapoter l'extrémité sur l'os du majeur de ma main gauche, pour tasser le tabac, un papier granuleux – en vérité une fine bande de liège enrobant un des deux bouts – tenait lieu de filtre selon une chimie assez incompréhensible, et je m'étais dit, allez, va faire un rapide saut pour voir qui joue. C'était une passion dévorante, depuis plusieurs mois. D'interminables parties de poker, à six joueurs et trente-six cartes, qui m'accaparaient le temps de mes séjours du week-end dans la région, environ toutes les trois semaines, et rien alors ne me retenait, je m'y rendais coûte que coûte.

Arrivé dans l'arrière-salle du café, j'avais salué mes comparses habituels. Ils n'étaient que cinq, le fauteuil vide me tendait les bras. « Un petit quart d'heure, le temps de faire deux tours et qu'un sixième arrive. » Ils étaient d'accord. Je trimballais une somme rondelette sur moi, des billets rangés à plat dans mon portefeuille. Au bout de dix minutes, je perdais déjà une forte somme. Il fallait récupérer. Juste histoire de me refaire, me disais-je, rongé par l'idée que tout le monde m'attendait, que je me ridiculisais auprès des invités, un tour, encore un tour, et un autre, jusqu'à minuit, heure de fermeture. J'étais rincé. À mon retour, ma mère était encore debout, incrédule. Tous les convives étaient partis, depuis si longtemps. En milieu d'après-midi. Elle me regardait, bouillonnante, et surtout inquiète. Que m'arrivait-il ? Et moi, je n'avais qu'une chose en tête, tout l'argent perdu, un gâchis. Deux mois plus tard, j'arrêtais le jeu. Et je devenais maladivement ponctuel. Réglé comme une montre suisse. Tout en gardant le goût de l'aléatoire. Après tout, vendre des appartements, des maisons, c'est une forme de jeu. Les cartes sont sur la table. Mais au fond, que valent-elles ? Et que vaudront-elles, demain, dans dix ans ? Anne, peu après notre mariage qui était le second pour elle, avait voulu acquérir un bien, un chez-soi, elle disait toujours « chez-soi », et non « chez-nous ». Elle avait insisté pour qu'Olivier ait une belle chambre à lui, la plus belle pour tout dire, qui demeure la sienne aujourd'hui encore. Pour ma part, je n'avais jamais compris le besoin d'une attache, d'un chez-soi, pensant au contraire qu'il fallait toujours être prêt à partir même si on ne le fait jamais. Parfois, je me dis que j'étais peut-être fait pour fonder une agence de voyages plutôt qu'une agence immobilière. Mon associé, lui, n'a pas ces états d'âme. Il est blond, il est breton, il croit à l'origine, « la terre » dit-il avec une espèce de dévotion en prononçant ce mot. Il se sent un peu propriétaire des paysages, où qu'il soit et plus encore dans sa région natale. Vendre des biens, ça lui paraît naturel.

6

La matinée s'étire, nous reprenons un café, un « ristretto », le garçon a une mine dubitative, « très serré » conclut-il en secouant la tête et repartant de son pas glissé. Camille aurait voulu un œuf coque. Pas possible. Alors un œuf dur. Non plus. Il n'y a plus d'œufs. Elle demande un autre croissant. Le soleil perce petit à petit à travers la couche nuageuse qui s'est allégée au fil des minutes. Mais des masses plus sombres apparaissent au loin. Le week-end s'annonce maussade. Et tout le début de la semaine. On manque d'eau. Les gens devraient être contents. Ils se plaignent. Nous aurions dû rester au lit plus longtemps. Je sens la fatigue qui me gagne, en attendant que le deuxième café fasse son effet. Comme chaque jour dans les journaux et sur les radios, il n'est question que de migrants, de visas, de refoulements aux frontières. Des groupes de centaines de personnes ont été déplacés, on ouvre des camps un peu partout dans le pays. L'accès aux trains fera l'objet de contrôles renforcés. On prévoit par ailleurs des coupures de courant pour lundi, en Île-de-France, sans plus de précisions. Qu'est-ce que ce sera en hiver ? me dis-je en regardant Camille. Elle est belle. Très belle. Quelque chose irradie d'elle. Un élan. Un enthousiasme. Mais il y a aussi une peur dans son regard, une inquiétude diffuse. Quelque chose qui la retient. Qui l'enferme.

Je lui dis tout à coup : « On part, sans programme. On roule vers le Sud, c'est tout, on roule tant qu'on a de l'essence, et ensuite on avise. » Son visage s'illumine, comme si elle était rassurée. Le contrat qu'elle a signé ne démarre que dans trois jours. Et son billet de train est remboursable à cent pour cent. Elle approche ses yeux, pour me scruter, tout en croisant ses mains devant sa bouche. Puis elle recule la tête. Je lui dis, mais peut-être me le dis-je en fait à moi-même : « C'est maintenant ou jamais. » « Oui, c'est maintenant. » Elle souhaite toutefois faire un saut chez elle. Je pourrai l'attendre en bas, dans la contre-allée, le temps pour elle de faire sa valise. Elle n'a pas besoin de grand-chose, quelques robes, un pull, et surtout des sous-vêtements, elle a un air gêné, et une trousse de toilette, elle en aura pour dix minutes tout au plus. « Et toi ? » « Moi ? Non. » Je ferai des courses à une étape, j'aime l'idée de ne rien emporter, d'être amené à changer de peau, d'allure. J'ai perdu du poids ces derniers mois, je pourrai m'habiller de neuf, avec des vêtements à ma taille. Et je ne veux pas prendre le risque de croiser Olivier, ou pire, qu'il me surprenne avec Camille dans la voiture garée devant notre immeuble, et me toise alors d'un regard narquois, comme si j'avais l'interdiction de refaire ma vie, ou simplement de vivre, de continuer de vivre.

7

J'appelle Alain, ça sonne deux fois, je raccroche. Rien à expliquer. Rien à justifier. Le moteur tourne, presque silencieux. Je mets la radio, France Info. Des heurts dans la capitale, des échauffourées dans les banlieues, avec chasses à l'homme, des incidents aux frontières, l'armée est réquisitionnée, une nouvelle armée, nombreuse, improvisée et imprévisible, mal formée. Les contrôles douaniers sont renforcés partout, y compris en mer, plusieurs traités internationaux sont dénoncés. Les cartes d'identité ne sont plus valables, ou suffisantes, il faut des passeports, et des passeports biométriques exclusivement.

Quelques gouttes font leur apparition sur le pare-brise, puis d'autres, plus fort, plus vite, les arbres et leurs troncs ne sont plus que des taches mouvantes vertes et brunes, une réalité liquide, les feuilles coulent, les façades dansent, le ciel est une masse gris sombre, presque anthracite, des enfants courent en criant, ils entrent dans l'immeuble de Camille, une majestueuse construction haussmannienne. Les contre-allées m'ont toujours semblé porteuses de tristesse, avec une pointe lugubre, sauf celles des Champs-Élysées que j'ai encore connues dans ma jeunesse, lors de mes premiers séjours à Paris, j'étais lycéen, je m'engouffrais dans les salles de cinéma, les galeries, les librairies, ou je me promenais, longuement, à la découverte systématique de tel ou tel quartier, puis d'un autre. À chaque fois je faisais une étape aux Champs-Élysées, le spectacle du luxe m'étonnait, on découvrait aussi, à côté des jeunes gens très beaux et élégants et des top-modèles, toute une population interlope à l'affût des salles de jeu, les terrasses débordaient de touristes qui mangeaient à toute heure. Je m'asseyais à une petite table ronde, je commandais un Perrier citron, et je restais une heure, deux heures, à rêver, à imaginer les vies des gens qui passaient. On entendait les langues, susurrées dans un mélange enivrant. Les crieurs de journaux, *France-Soir, Le Figaro, L'Équipe, Le Monde,* créaient une animation particulière. J'étais amoureux de Jean Seberg dans *À bout de souffle,* que j'avais vu et revu dans les petites salles du Quartier latin ou de l'Étoile.

Camille cogne à la vitre, elle est trempée, les portes et le coffre se sont verrouillés automatiquement, je tergiverse, elle pourrait s'énerver, ça dégouline de partout, mais elle sourit, me regarde les yeux écarquillés puis éclate de rire, je trouve enfin le bouton libérateur, elle jette son sac sur la banquette arrière, retire son imper, sa veste, son pull, sa chemisette, et s'installe sur le siège en cuir, « ça va sécher avec le chauffage du moteur », je démarre, l'alarme sonne, elle n'a pas bouclé sa ceinture, elle est en train de retirer son soutien-gorge. Voilà. C'est parti. L'accès au périphérique est fluide, la bretelle vers l'A6 aussi.

8

On s'arrête à Tonnerre. Camille a vu un panneau, ça lui a plu, « Tonnerre de Brest », on n'est pas du tout à Brest, mais « Tonnerre c'est quand même mieux que Vesoul », elle pouffe, baisse un peu la vitre, la pluie la rafraîchit. On n'est pas très avancés, j'avais pensé à une étape du côté de Lyon, je lui dis « il y a aussi Avallon un peu plus loin », ah oui, Avallon c'est drôle, bon appétit, mais non, elle a voulu Tonnerre, on a vu Tonnerre, et on a fait l'amour, l'après-midi, le soir. On a aussi bu du chablis.

Dans la nuit, nous étions à demi endormis l'un et l'autre, elle a dit à haute voix, sans véritablement s'adresser à moi, des mots qui sortaient d'elle comme si elle avait été seule, comme si sa pensée lui avait ouvert la bouche : « Je pourrais aller en Suisse, des jobs bien payés, il y a de belles stations, dans les montagnes ou au bord des lacs, mais il y a ce foutu passeport… » J'ai hésité à répondre, couché sur le dos et admirant les moulures du plafond dans la faible lumière qui passait entre les rideaux. Elle a ajouté : « Je ne sais même pas si je vais vraiment en obtenir un nouveau, la dame de l'ambassade avait l'air confiante sans être certaine. » J'aurais pu lui objecter que ce serait encore plus compliqué voire impossible pour moi de franchir la frontière, d'obtenir un sauf-conduit ou je ne sais quel visa, mais à quoi bon, de toute façon on descendait vers le Sud.

9

Comme on était en avance sur son jour d'embauche, Camille a souhaité qu'on évite autant que possible l'autoroute, alors on a dévié, Nationale 7 pour l'essentiel, trois barrages de police à même pas vingt kilomètres d'intervalle, quelques détours aussi, des curiosités qui lui venaient en tête, les restaurants gastronomiques qui s'égrenaient le long de cette route mythique, juste pour admirer le bâtiment, ou la carte quand il y en avait une, et le paysage de bocage miraculeusement préservé du côté du Creusot puis dans la direction de Lyon, parcelles séparées par des haies touffues, avec des vaches qui paissent, ou des troupeaux de moutons. Elle avait sans cesse envie de s'arrêter, prendre un chemin, marcher, s'égarer, j'accélérais, on riait. J'ai allumé la radio, toutes vitres ouvertes, à plein volume, une station avec des chansons un peu anciennes, des chansons de ma jeunesse plus que de la sienne, et tout à coup, France Gall, j'ai tellement aimé France Gall, ou plutôt tellement aimé Anne qui aimait France Gall, Camille connaissait les paroles par cœur et les chantait à tue-tête, puis reprenait son souffle pendant quelques secondes, allumait une cigarette, enchaînait à bout de souffle : « Résiste / Résiste / Résiste. » Elle tapait du poing sur le tableau de bord, pour bien marquer le rythme. Je me suis garé sur le bas-côté de la route, je suis descendu, j'ai contourné la voiture, ouvert sa portière, je l'ai prise dans mes bras, je l'ai embrassée. J'avais vraiment l'impression qu'une nouvelle vie commençait. Mais une vie ne commence jamais à nouveau.

Le soir, dans la chambre de l'hôtel en fin de compte un peu minable qu'on a dégoté au doigt mouillé en se fiant à la façade, « la devanture » m'a corrigé Camille, je pense que « façade » convient mieux mais je n'ai rien répondu, je me suis lancé dans des recherches sur le bocage, découvrant qu'on avait en France arraché 750 000 kilomètres de haies depuis 1950, j'ai relu le chiffre à deux fois, tant il me paraissait exorbitant, près de vingt fois la circonférence de la Terre, toutes ces haies d'églantines, de ronces, ajoncs, genêts, ormeaux, néfliers – sans oublier les têtards aux formes fantomatiques qui avaient nourri tant de fantaisistes légendes. Toutefois, par un de ces renversements dont l'Histoire a le secret, on en a replanté 7 000 kilomètres ces dernières années, après s'être rendu compte que le bocage était un bon contributeur écologique, un stabilisateur. Nouvelle preuve de ce que nous appelions autrefois avec Anne le syndrome du tram, ces grandes inventions dont on a décrété l'obsolescence avant de finir par créer de nouvelles lignes, de nouveaux tracés, à grands frais. « Rien n'est linéaire » : c'est avec cette phrase que je me suis endormi, blotti contre le corps bien chaud de Camille.

L'étranger est une occasion (proverbe suisse) I :

Les Huguenots

En ce mois de novembre 1686, le froid est déjà piquant. Jusqu'à Pontarlier, tout s'est passé sans heurt. On voyage sous un faux nom, parfaitement catholique, et les contrôles sont rares. Le dernier tronçon en direction de la Suisse s'annonce toutefois plus périlleux. L'exode est chose connue, ses itinéraires commencent à être devinés, et le Roi a mandé des forces pour juguler l'hémorragie. Colbert et Vauban l'ont prévenu, le royaume perd des forces vives en trop grand nombre, qui connaîtront peut-être de brillants destins ailleurs, non seulement chez les alliés de la France, mais aussi chez ses ennemis. L'étau se resserre sur les fugitifs. S'ils se font intercepter, c'est la mort probable. On avance par petits groupes, trois, quatre personnes au maximum. L'automne est bien avancé, la neige a fait son apparition sur les crêtes. Elle s'est installée pour le long hiver. On passe de vallée en vallée. Les guides sont bourrus, taiseux. Ils veulent des récompenses. Seuls les bijoux les intéressent, et les pièces d'or. On coupe à travers bois, et le soir, à la nuit tombée, on court à travers les champs de la vallée, le plus vite possible, pour se préparer à franchir une prochaine crête, dès l'aube. L'homme s'appelle Laroche. Étienne Laroche. L'autre s'appelle Le Coultre, Charles Le Coultre, qui doit avoir vingt-cinq ans. Isabelle est sa jeune femme, du moins est-ce ce qu'ils prétendent d'une seule voix. Elle cache sa beauté sous un fichu gris, tout enveloppée dans des habits un peu trop grands, mais quand elle sourit, tout s'arrête, ses dents blanches sont fraîches et fines.

Et tout à coup c'est fait. On est en Confédération helvétique. Le guide repart, se faufile entre les sapins, on le perd de vue et on l'oublie pour partir aussitôt d'une course folle dans la prairie enneigée, en plein jour, plus rien à craindre, il l'a dit, le guide : « À partir d'ici vous n'avez plus rien à craindre, sauf le froid, mais on s'y fait. » Il a ricané, c'était son dernier mot.

Le Coultre propose à son compagnon de fortune de demeurer avec eux, il rejoint une partie de sa famille, bien établie dans la vallée depuis plus d'un siècle, il y aura un couvert pour lui, un lit, et sans doute du travail. Sa femme approuve. « C'est une bonne famille. »

La chambre mise à sa disposition est petite, le lit est dur. Des couvertures épaisses protègent du gel. Seules la cuisine et la salle à manger sont chauffées.

Les travaux de la terre sont bientôt terminés. Ils s'avèrent plus rudes qu'ailleurs. Beaucoup de pierres, un sol gelé la plupart du temps. Et le vent qui coulisse, intraitable et mordant. Les mains gourdes. Le nez qui coule. Les joues couperosées. Pour le reste, on est chaudement habillé. Tout de même, les journées sont longues. Le soir, on échange quelques mots. On boit, peu. On dort de bonne heure. « La journée appartient à ceux qui se lèvent tôt », se répète-t-on à intervalles réguliers. Se lever tôt, c'est 5 heures. Et c'est vrai qu'on s'y habitue.

La passion, ici, et presque l'idéal, c'est l'horlogerie. Un certain Jean Calvin, réformateur établi à Genève, a aidé à cela, en interdisant le port et plus encore la monstration du bijou, jugé aussi inutile que futile, et peut-être diabolique par les signes de vanité qu'il envoie. Les gens de la profession se réorientent donc vers l'horlogerie, réputée nécessaire. Cela requiert beaucoup de précision, de minutie, et c'est à ce titre que les persécutés de la Saint-Barthélemy apparaissent comme une aubaine. Ils sont pétris de patience, de droiture, de persévérance. Que demander de mieux ? L'alliance de deux savoir-faire complémentaires produira des miracles, elle ouvre à coup sûr des perspectives et des horizons. Dans un canton de Vaud et un pays helvète en proie au chômage et à la pauvreté, on convient de garder les bons parpaillots, et de chasser les autres, nécessiteux ou supposés tels, jusque vers le Brandebourg.

Au bout d'à peine un mois Étienne Laroche fait la connaissance d'une jeune femme, à la fois solide et frêle, à la chevelure blond cendré et aux yeux verts, une cousine de la famille d'accueil, pas aussi belle que madame Le Coultre, ou d'une beauté plus lente à être comprise. Ils échangent des regards. Au printemps c'est le mariage. Laroche s'est ancré, il fera sa vie ici. Les travaux des champs reprennent, jusqu'à l'automne bien avancé quand la vallée est emmaillotée d'une neige éclatante. À nouveau, les activités minutieuses s'ordonnent dans l'atelier où se tiennent une dizaine de femmes et d'hommes de tous âges. Les propriétaires ont ménagé une ouverture au dernier étage du bâtiment, les combles, dans la façade en tavillon, pour y installer des fenêtres et bénéficier de la belle lumière du sud-ouest, opportune quand on manie délicatement les pinces et brucelles. Le jeune marié dont l'épouse attend déjà un enfant aime ces journées, au chaud, baignées de soleil, silencieuses, apaisantes même si elles peuvent se révéler encore plus exténuantes que le labeur agricole. Quand le soleil ne brille pas, on allume le chauffage à bois, car il ne faut en aucun cas prendre froid aux mains, les doigts doivent garder leur agilité. On réalise pendant les quatre ou cinq mois rigoureux de nombreuses pièces manufacturées qu'on va ensuite vendre à Genève, le printemps une fois revenu. C'est le chef de famille qui s'y rend, accompagné de ses fils, une expédition qu'ils apprécient et qui les rend joyeux pour encore quelques jours après leur retour. Les ingéniosités respectives de Suisse et de France, réunies par les circonstances de l'Histoire, se mélangent et se complètent, on franchit plus vite les étapes, on améliore le produit d'année en année, et les protestants de France sont par ailleurs de bons entrepreneurs, ils savent organiser le travail, répartir les tâches, motiver les équipes. C'est le temps de la ferme-atelier. On s'attelle bientôt à la Grande Complication : assemblage des roues, ponts, ressorts, pierres semi-précieuses, pignons, complété bien sûr par le tourbillon. On appelle les montres et horloges des garde-temps. C'est simple, c'est joli.

Alors des tourbillons, ils en fabriquent à tour de bras, délicatement, avec toute la dextérité voulue, sans toujours en comprendre la fonction ou la nécessité. On leur dit et redit : « Quand vous marchez, quand vous agitez la main, le bras, quand vous sortez de votre axe immobile, vous faites travailler les forces de gravitation qui du coup peuvent venir dérégler les mécanismes de la montre ou de l'horloge, or le tourbillon, en isolant le mouvement, le neutralise. » Cela sonne clair à certains, obscur à d'autres. C'est au demeurant un grand thème d'époque : doit-on comprendre ce qu'on fabrique ou contribue à fabriquer, ou cela n'a-t-il aucune importance pourvu qu'on accomplisse le bon geste, précis, efficace, répétitif ? Les réponses à cette question vont varier au cours du XIXe siècle, et donner naissance à des philosophies opposées.

Au printemps suivant l'épouse de Laroche accouche. Un, deux, trois, plusieurs enfants arrivent. Puis les petits-enfants, et les arrière-petits-enfants. Jusqu'à ce que la Révolution survienne, en 1789, et plus encore après. 1793. Refuges, départs. On doit choisir son camp. Quelques-uns des nombreux cousins qui forment désormais une large famille décident de partir s'installer à Besançon, au tout début de l'an 1794. La famille se répartit ainsi des deux côtés de la frontière. Et des deux côtés de la pensée.

Un de ces Laroche, lointain descendant direct d'Étienne et prénommé Simon, âgé de vingt ans à peine en 1850, réussit de bonnes affaires dans le Doubs, malgré sa jeunesse. Il participe à l'essor économique du département, les ambitions politiques sont affichées, le progrès doit être encouragé et soutenu. Les thèses républicaines et radicales l'enthousiasment. Un monde rationnel, porté par l'élan d'entreprise, semble à même de transformer la nation. Mais patatras, un empereur fantoche prend le pouvoir en janvier 1852. Simon repasse la frontière, dans cette Suisse où les idées nouvelles de 1848 ont triomphé, et s'arrête à La Chaux-de-Fonds pour y fonder une petite usine d'horlogerie. Il la développe tranquillement, s'associe une douzaine d'années plus tard avec un juif à peine arrivé d'Alsace, Léon Bloch, dont la fille Léa plaît à son propre et unique fils Alexandre. Affaires d'argent, de talent, de cœur, tout se mêle et s'arrange, trois enfants naissent coup sur coup. On est heureux. La liberté d'établissement des juifs de France avait été un progrès inespéré et la Suisse s'était imposée comme une évidence.

La Chaux-de-Fonds est une ville d'altitude aux hivers enneigés et venteux, où il fait pourtant bon vivre. Les gens se montrent accueillants, gentils. Puis Simon le pionnier décède, brusquement, sans préavis, en 1869. Alexandre se met à faire la bamboche. Le beau-père Bloch s'impatiente, s'irrite, propose une rente à la condition que son gendre renonce à l'usine et en retire son nom. On le pousse vers la carrière militaire, pour le stabiliser, et aussi pour l'éloigner de l'autre côté de la frontière, en quête d'aventures dans les troupes impériales. De toute façon le monde de l'horlogerie lui est trop étriqué.

Les enfants du couple restent dans le giron maternel et porteront désormais le nom de l'épouse accolé au sien. En premier. Bloch-Laroche. Ça sonne bien. L'avenir n'est ni clair ni serein, mais les gens ont envie de montres. Les impérissables « garde-temps », dont la sophistication continue d'évoluer à grands pas. Ils doivent tout à ce mélange de savoir-faire entre deux pays, deux communautés. Avant de devenir un produit d'exportation, la légendaire montre suisse est un phénomène d'importation.

Camille à la plage

1

L'hôtel donne sur la plage, une pension modeste, encore aux trois quarts vide à cette saison, les grandes vacances sont agendées dans trois semaines, ça permet à Camille de prendre ses marques, ses habitudes, le petit studio qui lui était dévolu s'est révélé être une chambre minuscule avec coin douche, donnant sur une courette, moyennant 300 euros de retenue sur son salaire, elle a aussitôt rendu les clés et s'est retournée vers moi avec un sourire : « On a une seule vie, c'est ça que tu m'as dit hier, non ? » Elle traverse la plupart de ses journées en maillot de bain et t-shirt, avec lunettes de soleil et bob, ou casquette, et change de station chaque année, pour profiter de ce principal avantage du métier, la mobilité, car pour le reste, c'est tout de même un mélange d'ennui et de tension nerveuse. La chambre qu'on a louée à la semaine est vaste, prolongée par une petite terrasse où elle passe une partie de la nuit, à même le sol de carreaux, avec un simple drap et un oreiller, elle revient dans le lit après l'aube, vers

7 heures, j'aime me retourner vers elle et sentir sa peau fraîche, celle de son visage en particulier. Je l'ai rassurée, je vais prendre des dispositions et pourvoirai aux besoins.

La plage de la Madrague est réputée calme, tout comme celle des Lecques non loin, mais le stress pour Camille demeure le même, un malaise d'homme âgé, ou de femme pas âgée, ou une étourderie d'enfant, elle doit être sur le qui-vive en permanence. Et puis, derrière elle, dans les carrés d'arbres qui jouxtent la promenade, elle sent tous ces gens entassés, ça l'angoisse. On ne les voit presque pas, on les devine, la police enchaîne les tournées, et dès qu'une personne essaie de sortir, ne serait-ce que pour venir se baigner, ou pour aller faire une course, c'est le concert de sirènes avec gyrophares. Camille s'est transformée en une semaine, elle est crispée, et parfois, en fin d'après-midi, avant de dîner, je la masse longuement, les épaules, les bras, la colonne vertébrale, les hanches. Elle ne dit rien de ses heures de travail, comme si elle éprouvait le besoin de les effacer, de la même façon que les employés municipaux passent leur râteau le matin très tôt dans le sable pour enlever toute trace de la veille et créer une nouvelle journée, vierge, entièrement à écrire. Ses horaires varient, un jour sur trois le matin, de 9 heures à 15 heures, et le reste du temps l'après-midi, jusqu'à 19 heures. Ensuite nous avons notre soirée à nous.

Lundi, à la fin du dîner pris dehors malgré le temps menaçant, elle me dit que cela ne lui convient pas, la chambre d'hôtel, je lui réponds « pension », elle dit : « Peu importe, c'est l'espace qui pose problème. »

Elle souhaiterait une chambre à elle. Le temps où l'on fait l'amour lui plaît, mais elle ne veut pas se laisser envahir. Elle ne veut pas se laisser posséder. Elle n'a jamais voulu ça. Jamais. Et sur la terrasse il y a les moustiques. Ce serait mieux d'avoir chacun son lit. Elle se contentera d'une petite chambre, mais à elle. Nous ne sommes plus de jeunes amants assoiffés, il doit être possible de se laisser un peu de marge. D'indépendance. D'espace. C'est ça : d'espace. On manque d'espace. Elle a déjà jeté un coup d'œil, les annonces sont nombreuses, et certaines pas dénuées d'intérêt, on regardera demain au petit déjeuner, le mardi elle commence le travail à 13 heures.

2

Quand le nom d'Olivier s'est affiché sur l'écran du téléphone, je n'en ai pas cru mes yeux. J'avais inscrit le numéro dans le répertoire des contacts il y a plusieurs années, quand il avait eu l'âge de s'équiper d'un portable personnel, peu après la mort d'Anne, sans qu'il n'utilise jamais ce biais pour me joindre ni ne réponde en aucune circonstance à mes appels, rares il est vrai. Et là, il se manifestait. Mon absence depuis pas loin d'une semaine devait l'inquiéter, et cela révélait malgré tout une forme d'attachement. Il se souciait de moi. Je ne savais pas trop sur quel ton lui répondre, amical, paternel, ironique, détaché, absorbé, mais l'hésitation s'est aussitôt évaporée. Son passeport était échu, il devait le renouveler pour obtenir un visa de l'ambassade des États-Unis, mais on lui demandait pour cela les preuves de sa nationalité française depuis au moins deux générations, et s'il avait retrouvé une pièce pas forcément suffisante concernant son père, grâce aux parents de celui-ci, « pépé et mamie » comme il dit, il ne trouvait rien sur sa mère, absolument rien. Il avait fouillé tout l'appartement sans rien en tirer, pas le moindre document, et comme elle était la dernière de la famille, enfin de sa famille, bref, comme Anne n'avait pas de frère, de sœur, de tante, ni d'autre enfant que lui, tout le dossier était bloqué. Sans le dire explicitement, il m'accusait d'avoir phagocyté sa mère, de m'être emparé de sa mémoire, de ses affaires, de son monde, de son passé, et il me mettait en demeure de retrouver au plus vite, il insistait, au plus vite, une preuve de la nationalité française de sa mère, et des parents de celle-ci, c'était urgent, il a fini par crier, « tu as entendu ? c'est urgent ! », j'ai raccroché. De toute façon, je n'ai rien de ce qu'il demande, sauf la carte d'identité d'Anne, échue depuis belle lurette, qu'il a forcément trouvée et qui ne lui sera pas utile. En y réfléchissant, je me suis dit que moi non plus, je ne pourrais pas démontrer ma nationalité si on me le demandait, ni celle de mes parents et moins encore celle de mes grands-parents, disparus très jeunes sans le temps de laisser des traces dont ils savaient de toute façon qu'elles pouvaient se retourner contre eux. J'ai palpé la poche intérieure gauche de ma veste, le passeport y était en bonne place, j'en mesurais la valeur.

3

C'était à mes yeux la bonne opportunité, de louer ce petit appartement au mois, malgré la décoration presque folklorique, aux couleurs vives, du rouge, du jaune, de l'orange, un peu de vert, des tissus bigarrés, des photos sans intérêt et quelques chromos d'une riviera inchangée. La vaisselle aussi est rouge, et les verres colorés. J'ai offert à Camille un bouquet de pivoines blanches, très grandes, à double corolle, que je suis allé chercher à Marseille, ça repose un peu le regard. Sur le chemin du retour, des colonnes de chars blindés obstruaient l'autoroute, j'ai fini par sortir pour emprunter la route du littoral, mais au bout d'un moment j'ai dû rebrousser chemin, car le circuit des Calanques était fermé, en raison du risque d'incendie, c'est du moins ce que le panneau indiquait. À mon avis, ils ont fait de cette réserve naturelle une tour de contrôle maritime, pour repérer de loin et signaler les bateaux et autres embarcations de fortune.

Camille a poussé un cri de joie, elle adore les pivoines,

c'est sa fleur préférée. Elle m'a embrassé longuement dans le cou, et elle m'a glissé dans l'oreille : « Nous devons rester des amants dévolus à leur amour. » Je lui ai prêté ma tablette pour la soirée, car son ordinateur pose des problèmes de connexion, ou de partage de connexion, elle n'en pouvait plus, et le stylo magique l'enchante, elle s'en sert avec une dextérité qui me stupéfie. Au fond, je n'en ai plus vraiment l'usage. J'aimais y lire la presse, chaque matin, avec un bon café, mais les nouvelles sont trop déprimantes, et plus encore leur traitement sensationnaliste par les journalistes. J'avais envie de couper les liens. À ma demande, elle a supprimé ma boîte de réception de courriers électroniques. Le lendemain matin, j'ai réinitialisé le téléphone acheté au printemps dernier, c'était très simple, et je suis ensuite allé le revendre à un réparateur du coin. Me voilà injoignable. Tout est effacé. Les coordonnées, les mots de passe, les réseaux sociaux, même les photos, toutes ces photos trop nombreuses, inutiles ou lourdes de souvenirs. Camille m'a dit, « ça va te faire un grand vide », mais c'est surtout une libération, et comme une aération, un formidable vent qui emporte tout avec lui et qui souffle sur mes tempes pour me faire sentir la présence au monde, pour goûter le temps qui s'écoule.

Depuis notre installation ici, je vais chaque matin faire les courses, je prépare les repas, celui de midi surtout, avec lenteur et méthode, des produits frais, pour une ratatouille cuite à feu doux, j'aime aussi saisir les fleurs de courgettes dans leur enveloppe d'œuf battu, ou couper finement le fenouil pour un carpaccio agrémenté de parmesan. Un jour je me suis lancé dans un vitello tonnato, j'ai cuit le filet de veau de bonne heure, dans un bouillon ad hoc, le plus difficile était de choisir le juste temps de cuisson, toujours à bas feu, puis de couper les fines lamelles, et enfin de préparer la sauce au thon, délicat équilibre d'huile, mayonnaise, sel, poivre, et un mélange de câpres et de câprons par-dessus. Camille a adoré, elle découvrait cette recette et croyait détester les câpres mais dans cette configuration elle a trouvé ça délicieux. Souvent, je cuisais un poisson au four, en papillote, même du saint-pierre un jour, à la chair si délicate mais si effrayant d'apparence. Et du champagne. Beaucoup de champagne. Tous les deux jours ou presque, elle précisait, elle tenait à préciser selon son expression, que c'était un train de vie dont elle n'avait pas les moyens, que c'était mon choix, et qu'il était donc normal, ou acceptable, à ses yeux, que je paie, enfin, que les frais ne soient pas partagés. Le soir, on grignote, on lit des romans, des biographies, mais rien des nouvelles du monde. On se met au lit, on vit ensemble. Les lampes de chevet envoient une lumière jaune et chaude, qui fatigue vite, j'oublie à chaque fois de prendre une ampoule comme modèle pour en acheter d'autres, des leds à luminosité blanche et froide, c'est mieux pour les yeux. On éteint tôt. Ce n'est pas plus mal. J'aime l'obscurité, quand Camille est contre moi.

4

La table était réservée selon mon indication, à l'angle de la terrasse, un peu à part, pour une intimité de circonstance. Cela m'a rappelé mon enfance, quand j'étais tout excité par les préparatifs d'une surprise pour ma mère, ou pour mon père. Je tapais des pieds sur place. On a d'abord pris un tartare de saumon, puis un bar portion, légèrement trop cuit, le vin blanc était frais, le vent caressait nos cheveux, tout semblait bien aller, Camille a renoncé au dessert, au motif qu'en général elle dort mal quand elle mange trop le soir, j'aurais encore voulu commander deux coupes de champagne, pour porter un toast, lui souhaiter une dernière fois son anniversaire, elle préférait rentrer. La lune était belle sur la mer, on ne pouvait malheureusement pas accéder à la plage, l'accès y est interdit après le coucher du soleil, des gendarmes et des douaniers font la ronde, ils ont des torches puissantes qui éclairent à bonne distance, guettant une arrivée par la mer, un chalutier, un zodiac, des nageurs. La surface animée de l'eau se perd dans l'obscurité, mais on a l'impression de se trouver face à une frontière, immatérielle, abstraite, très bien gardée. Tout à coup, deux filles blondes, assez jeunes, fines silhouettes, ont surgi de l'hôtel et couru vers l'estran, elles ont jeté leurs vêtements derrière elles, sont entrées dans les vagues, nues, du moins croyait-on depuis la route, elles moulinaient dans l'eau, avec de grands gestes, semblaient s'embrasser, repartaient pour quelques brasses, et de nouveau l'une collée à l'autre, elles sont bientôt ressorties, ont remis leurs vêtements sur la peau mouillée et sont passées devant les hommes de piquet qui, gênés et indécis, ont préféré tourner la tête, ils n'allaient quand même pas les verbaliser, elles logent dans le grand hôtel, qu'elles ont regagné en silence, soudain dégrisées.

Pendant les quelque deux cents mètres qui nous séparaient de la pension, sur la petite route sans voiture à cette heure, je suivais Camille à quelques pas, puis j'ai accéléré pour arriver dans la chambre avant elle. J'avais programmé sur la tablette la chanson de Marianne Faithfull, *The Ballad of Lucy Jordan*, « At the age of thirty seven / she realised she'd never / Ride through Paris in a sports car / With the warm wind in her hair », j'aime cette chanson, elle m'a paru adéquate, un heureux hasard. Camille a très mal réagi, elle s'est mise à parler fort, presque à crier : « Je hais mon anniversaire, je hais ce rituel ridicule, ce dîner à la con au vu de ces flics de merde et je hais encore plus un mec qui ne sait pas compter et qui trouve malin de me donner un an de plus ! » J'avais mal calculé. Elle fêtait ses trente-six ans. Après, ça n'a plus été pareil. Pas sûr que ce soit vraiment à cause de ça. Mais ça n'a plus été pareil.

5

Comment ai-je pu être assez stupide pour commettre une telle erreur ? Née en 1991, c'était pourtant simple à calculer. J'avais probablement trop envie que ça coïncide. Dès mon enfance, j'ai rencontré ce problème : vouloir bien faire, trop bien faire, et me prendre un boomerang à travers la figure. Ma mère me le répétait : « Tu es trop gentil, la vie est un combat, il faut t'y préparer. » Je suis loin d'être quelqu'un de doux. Mais gentil, certainement. Et je refuse de considérer cela comme un défaut. La relation avec Camille, quoique récente, semblait se déliter, et j'en étais profondément affecté. Je croyais avoir trouvé la bonne personne à qui me raccrocher, avec qui partager la vie dans tout ce qu'elle a de troublant, d'incertain, d'envoûtant parfois, et j'ai tout à coup l'impression d'être renvoyé à moi-même, à la vanité de mon existence, à ce manque de sens qui m'a si souvent habité et taraudé. Depuis la mort d'Anne, je suis comme une demi-coque de noix qui vogue sur les flots, sans but, sans contenu, mais ne se retourne pas. Jusqu'à quand ?

Le lendemain en fin d'après-midi, j'ai pris la voiture et je suis passé prendre Camille pour l'emmener à une séance de cinéma en plein air, du côté de La Ciotat, dans une carrière, ou un terrain vague, plusieurs véhicules de police filtraient l'accès. Il n'y avait pas grand monde, mais ça lui a quand même plu, elle a ri, beaucoup ri, une comédie légère. J'aime son rire, le souffle qui le porte, j'aimerais que ça ne s'arrête pas. C'est comme si les nœuds que je sens au profond d'elle se défaisaient par magie, elle se transforme tout à coup en rivière, en rivière chantante. Je parlais avant-hier avec un livreur venu remplir la cuve de l'immeuble avec son mazout odorant, en plein été c'était assez saugrenu mais les prix sont plus bas à cette saison paraît-il, je l'interrogeais sur son camion entièrement automatisé, un débit de près de 1 000 litres par minute, je lui posais des questions, sur les risques éventuels, il donnait des réponses précises, techniques, et tout à coup il m'a dit : « En fait j'écoute le moteur chanter, et s'il y a une fausse note, j'arrête, je regarde, j'analyse. » J'ai adoré cette idée du moteur qui chante. Camille aussi chante quand elle rit, un chant du tréfonds, un chant de l'âme. Ça lui arrive de plus en plus rarement.

6

Je suis allé jusqu'à Nice, pour trouver un bureau de poste d'où pouvoir téléphoner à l'agence sans laisser de trace, et aussi un peu pour admirer la beauté des citrons aux arbres, leur jaune riche, profond, grenu, éclatant. Il m'a fallu chercher le numéro sur Internet, je ne l'avais pas en tête. Nelly était surprise, « vous avez disparu », oui j'ai disparu, pas d'explication à lui donner, je veux simplement finaliser deux ventes d'appartements que j'ai eu le temps de bien identifier dans mon portefeuille de propriétés locatives acquises au fil des ans, à chaque fois de belles opportunités qu'il aurait été absurde de laisser filer, je lui ai bien précisé que je les vendais au premier prix offert, sans négociation, et qu'elle devrait tout transférer au plus vite sur mes comptes personnels. J'ai songé un instant que je pourrais convertir tout cet argent en cryptomonnaie, ou le placer à un bon rendement. Nelly devait se renseigner sur différents points, je lui ai dit que je la rappelais vers midi, sans lui laisser l'occasion de poser d'autres questions plus personnelles.

La météo était au beau fixe, avec une légère brise, j'ai longé la promenade des Anglais, admiré les beaux palaces, pris un café italien sur la plage du Negresco. J'aurais voulu me baigner mais je n'avais pas emporté d'affaires avec moi. Le garçon m'a dit à voix basse, « vous pouvez prendre une serviette de l'hôtel », mais je n'avais pas de maillot, et de toute façon, je préférais rester discret, ne pas attirer l'attention, il y a tellement de contrôles, d'inspections, de descentes. J'ai marché un peu, quelques allées et venues.

Une fois tous les points réglés, Nelly aurait voulu me passer Franck, mon associé, mais je n'avais rien à lui dire et je n'avais plus le temps, je tenais à tout prix à passer une tête au musée Matisse. La peinture n'est pas mon univers, mais ce peintre, oui. Depuis mon adolescence. Pour ses couleurs, ses formes simples et cette façon de faire ressentir la chaleur et la richesse des tissus, des fruits, de tout. Il est aussi le maître du citron. Déjà enfant, j'adorais les citronniers, comme un miracle de la nature, une pure perle de soleil – sans doute parce que je viens d'un pays froid aux hivers rigoureux.

Camille finissait son travail exceptionnellement à 20 heures, j'ai appuyé sur l'accélérateur, bien que je déteste conduire dans l'enfilade de tunnels de la côte, l'autoroute était saturée, les rares bouchons m'ont toutefois fait perdre peu de minutes en fin de compte, et je suis arrivé pile à l'heure, trouvant même le temps de garer la voiture pour la rejoindre à pied. Elle discutait avec un mec, de son âge, ils avaient l'air de se connaître. Quand elle m'a aperçu de loin elle a coupé court, l'a salué presque sèchement, et elle est venue à ma rencontre. Nous sommes rentrés en longeant la mer par la petite route. Elle était contente de marcher sur un sol dur. L'instabilité du sable, elle en a soupé.

7

Une famille aux visages basanés, les parents, une fillette, un adolescent, tous élégamment vêtus, s'était installée à la terrasse du café-restaurant, je lisais le journal d'un œil, j'ai pensé qu'ils venaient probablement de Syrie, à la langue, à leur peau, il y a beaucoup de Syriens paraît-il, les journaux et les radios ne cessent d'en parler. Le garçon est arrivé, il leur a dit sèchement qu'on ne servait pas de simples boissons, seulement à manger, et tout était réservé. Le mari et la femme se sont regardés, ils ont dit, « les enfants ont très soif », mais le garçon a insisté, ce n'était pas possible, il ne servait qu'à manger et la cuisine était encore fermée. Sur la table devant moi se trouvait la tasse du ristretto que j'avais commandé une vingtaine de minutes auparavant. Le patron est arrivé sur ces entrefaites, il a chassé la petite famille sans ménagement, allez oust, du balai, puis il a félicité son employé : « Si on les laisse venir, ils vont s'installer à journée faite, et seront rejoints par les autres, toute une smala, on a assez de bons clients d'ici pour ne pas se laisser emmerder. » J'ai fait un signe pour payer ma consommation, le patron a eu un grand sourire avenant et m'a dit, avec un geste de la main derrière l'épaule : « Oh un café c'est cadeau de la maison, et vous êtes un habitué maintenant, la petite dame va bien ? »

J'ai longé la plage, croisant parfois des gendarmes, ou des gardes municipaux, ils surveillent les abords, à l'affût d'installations illicites, tentes ou cabanes. J'aurais voulu aller dire bonjour à Camille, lui raconter l'histoire de la terrasse, mais j'ai eu peur de la déranger dans son travail et qu'elle le prenne mal. Au réveil elle m'avait semblé de mauvaise humeur, ensuite je l'ai entendue téléphoner depuis la terrasse de la chambre, en ayant pris soin de repousser la fenêtre, j'entendais sa voix, sans comprendre ses paroles, sinon à un moment quelque chose qui pouvait ressembler à « tu me manques toi aussi », et plus tard à « ma chérie », sans que j'en sois tout à fait sûr. Ça n'a pas duré longtemps. Elle est repassée dans la chambre et s'est mise en route, sans prendre de douche, « de toute façon je me baigne toutes les heures, alors... ».

8

« La meilleure solution, c'est la grande enseigne de sport à côté de l'hypermarché, il faut remonter jusqu'à Aubagne, mais vous trouverez tout, absolument tout, avec beaucoup de choix dans les marques et les modèles. » J'ai eu envie de renouer avec le tennis, de prendre des cours, il fallait simplement que je m'équipe, il y a plein de créneaux libres, la dame du club était très gentille, c'est encore une période calme, elle m'a même offert un café, préparé dans une cafetière italienne en fer-blanc, à l'ancienne. Le magasin était bien organisé, avec des zones thématiques. J'ai commencé par les chaussures, adaptées à la terre battue comme à toute surface synthétique, j'en ai profité pour prendre aussi une paire pour courir, secteur « running », noires avec la virgule rouge-orange, ensuite j'ai choisi une raquette, pas trop chère tout de même, et du grip, des chaussettes, un short, trois t-shirts dont un blanc, deux polos, deux bracelets éponge. J'ai failli oublier les balles, au moment où j'arrivais à la caisse j'ai rebroussé chemin et j'en ai attrapé trois boîtes. L'ensemble m'a coûté plus de quatre cents euros mais je serai à l'aise, une fois que je me serai fait la main, et j'ai eu encore l'idée d'un détour par la pharmacie, pour des pansements en prévention des probables cloques ou ampoules ou blessures d'usure de la peau, ainsi qu'une réserve d'aspirine, pour gommer les courbatures.

Le moniteur s'appelle Ludovic, il renvoie les balles avec nonchalance, les séances avec des jeunes le motivent davantage, mais il est très professionnel, et j'ai vite retrouvé mes marques. « Un sport appris ne s'oublie jamais » m'a gratifié le coach avec un sourire complice. À mon retour, Camille était déjà dans la chambre, elle a fait une moue d'étonnement quand je lui ai parlé de mes achats et lui ai confié que j'avais très envie de jouer avec elle, « non, pas le tennis, mais du volley si tu veux, une de ces fins d'après-midi ». On a passé la soirée sans rien manger, allongés côte à côte, je lisais, elle faisait des recherches sur Internet avec ma tablette, je lui ai trouvé à Nice un clavier qui se clippe facilement par une plaque magnétique, elle était ravie, ses yeux étincelaient, « c'est beaucoup plus efficace ». Puis elle est venue se lover contre moi, sur le côté, j'aurais eu envie d'elle, mais elle s'est aussitôt endormie. Ça doit être l'air de la mer, le soir elle est fatiguée, et même épuisée.

9

Dans l'idée de lire un peu la presse, malgré ma lassitude d'une actualité devenue trop anxiogène, je suis allé récupérer la tablette dans la chambre de Camille, peu après son départ. Elle avait un rendez-vous assez tôt ce matin, dont elle n'a pas voulu me dire la teneur, « c'est pour le boulot ». J'ai lu *Le Monde*, toujours cette obsession des étrangers, des migrants. On sent bien que la rédaction essaie de mettre une certaine distance, mais le flot des déclarations politiques est tel que cela finit par inonder tous les espaces, dans les journaux, sur les ondes, les réseaux, et dans la tête des gens.

Je suis allé me promener le long de la plage, les enfants s'ébrouent dans l'eau, crient, se courent après, plongent, se giclent l'un l'autre, les mères les observent d'un regard attendri et toujours un peu inquiet. À l'arrière de la petite route du littoral sont regroupées les familles arrivées ces derniers jours et qui n'ont pas encore été évacuées vers des camps. Elles ont inventé des abris de fortune et restent là, à convoiter la mer et ses flots de loin, les enfants surtout, car les parents en ont peut-être eu assez, de l'eau, toute cette eau qui contenait possiblement la mort, pour eux ou d'autres avant eux. Au loin j'apercevais Camille, de dos, fixée sur sa chaise haute pour surveiller les baignades. Je me suis assis sur un muret, et j'ai tout à coup eu envie d'une cigarette, de fumer dans le désœuvrement de l'après-midi. Cela fait tellement longtemps que je n'ai plus fumé, que je n'en ai plus eu même envie, et là, ça m'a pris, comme un souvenir, une façon de remplir le vide, ou de chasser un malaise, une mélancolie générale. En lieu et place, je suis allé acheter une tranche de pastèque, goûteuse et parfaite pour étancher la soif.

10

Je vais fouiller dans sa chambre ? C'est ça, je viens espionner dans ses affaires ? Sa vie lui appartient, et je n'ai pas à m'aventurer dans sa chambre. « Tu entends, c'est ma chambre et personne n'a le droit d'y entrer ! Je ne t'appartiens pas ! » Camille hurlait, je sentais une sincère tristesse et presque du désespoir dans sa voix, des larmes coulaient de ses yeux rougis. Elle est sortie dans la rue, je l'entendais sangloter, ça a duré près d'une demi-heure. J'aurais voulu lui dire que j'étais simplement allé récupérer ma tablette, car c'est tout de même encore un peu la mienne. Quand elle est rentrée, elle l'a récupérée sur la table de la cuisine et elle est partie s'enfermer dans sa chambre. Elle ne peut travailler qu'avec la tablette, son portable est nase, il déconne, incapable de capter le wifi de façon stable.

Elle a passé sa soirée à tapoter sur le clavier, j'ai pensé qu'elle cherchait un autre appartement, qu'elle voulait partir, se séparer, après tout on n'est ensemble que depuis un mois. Je n'arrivais pas à lire, incapable de me concentrer. J'écoutais le cliquetis, je pensais à elle, à notre vie depuis notre rencontre, à tout ce mystère qui l'entoure, qui m'entoure aussi à ses yeux, on ne se parle jamais de notre passé, comme par une décision mutuelle et tacite.

Plus tard, elle m'a rejoint dans le lit, elle s'excusait, à voix toute basse, elle s'est déshabillée, je sentais son corps crispé dans mon dos, et nous avons fait l'amour, longuement, il faisait chaud, j'avais renoncé à ouvrir la fenêtre de peur des moustiques attirés par la lampe de chevet et une fois à moitié endormi j'avais la flemme de me relever. J'aime ses perles de sueur qui tombent sur mon visage, cette transpiration qui nous colle l'un à l'autre, et le goût salé de sa peau. Elle a pourtant pris une douche en rentrant. Dans son sommeil agité, Camille a tout à coup prononcé des mots, une suite décousue où revenait toutefois un prénom, « Barbara », « ma petite Barbara », « Barbara ».

11

Le virement est arrivé sur mon compte. C'est le conseiller bancaire qui a appelé. Il aurait voulu me proposer des placements, je lui ai dit que je me trouvais dans une réunion de conciliation, c'était gentil de sa part mais je n'avais pas besoin de ses « orientations », c'est ainsi qu'on parle aujourd'hui.

À l'agence de La Ciotat, ils ont eu l'air effrayé quand je leur ai dit que je voulais tout retirer. En cash ? Oui, en espèces. C'est une énorme somme, nous devons commander du liquide. Eh bien commandez. Mais il faudra au moins trois jours, et nous sommes vendredi. J'ai dit, avec un sourire intérieur : « Alors, à lundi. » La directrice était accourue et se tenait un peu à l'arrière, sans doute appelée en renfort par un dispositif caché, elle a précisé : « Ah non, les jours fériés ne comptent pas, ce sera mercredi au mieux. » Alors je repasserai mercredi. Elle a encore ajouté : « Vous savez qu'on ne peut légalement pas avoir plus de dix mille euros sur soi ? » Non, je l'ignorais. Je suis revenu sur mes pas, en réfléchissant rapidement, et j'ai préféré éviter tout problème. Dix mille feraient déjà l'affaire. Lundi ? Lundi. Elle aurait voulu savoir pourquoi je retirais cette somme, si j'allais dans un établissement concurrent. Je n'ai rien répondu de plus. Apprendre à me taire a été l'un des plus nets progrès de mon existence.

12

Le même rêve revient, toujours identique, dans les périodes de doute, les bifurcations de la vie. Sur fond de la musique des sept nains de Blanche-Neige dans le film de Walt Disney, « Heigh ho, heigh ho, on rentre du boulot », je m'approche d'un lieu interdit, à travers des plantes pleines d'épines, je vois une jeune femme, sans visage bien précis, une forme ovale et blanche et deux yeux verts, des lèvres rouges, très rouges, je l'embrasse sur la bouche et elle disparaît dans un souffle, il ne reste sur une vieille paillasse que sept morceaux d'une masse gélatineuse, une langue, c'est exactement cela, une langue, la partie visible d'une langue. Enfant, j'étais fasciné par la longueur de la langue de veau, interminable, à la peau rêche, que ma mère servait sur un grand plat de porcelaine, cela me semblait épouvantable de manger de la langue, même une langue animale, j'avais l'impression qu'on avalait aussi des mots, des cris, et pourtant à table le monde enjoué des adultes se régalait, il y avait une sauce ravigote avec des œufs durs coupés très finement et du persil, dans le petit saladier qui tournait autour de la table, j'espérais à chaque fois pouvoir y plonger un morceau de pain préparé à cet effet, mais il n'y en avait jamais pour moi, c'était réservé à ceux qui mangeaient le plat, me précisait-on. Pourquoi ce rêve ? Il est aussi vieux que l'autre, où je me rends à un examen, sans doute le bac, on me dit que toutes les notes sont excellentes et même exceptionnelles mais que les mathématiques sont primordiales, je me rends alors compte que j'ai séché tous les cours de l'année, que je n'ai rien appris dans ce domaine si éminent, que je vais rater la promotion à cause de ça, et je me réveille, en nage. Pourtant j'étais plutôt bon en maths.

La langue en sept morceaux, je sais que cela vient de ce que me racontait ma mère à propos de sa tante Hélène, dont elle prétendait qu'à la suite d'une grave attaque de scarlatine elle avait eu la langue fendue en sept parties qui s'étaient par la suite reformées. J'ai toujours été dubitatif sur cette version de la maladie, quelque peu légendaire à mes yeux, mais je n'émettais aucune objection, pour ne pas contredire cette vieille dame qui me racontait ses souvenirs avec un ton d'enfant. Elle me parlait aussi d'une demi-sœur morte à quinze ans de la même scarlatine, maladie crainte et honnie, ou d'un autre demi-frère, coiffeur qui partait faire les saisons dans les grands hôtels, revenait tout de chic vêtu, avec plein de cadeaux, et mourut par un brûlant après-midi d'été en buvant de la bière glacée après un long et difficile tour à vélo dans la région de leur enfance, la Franche-Comté. Victime d'une pleurésie. Brutale. Fatale.

Disait-elle. Bon, c'étaient les croyances médicales de l'époque. Ou l'écoute qu'en avait une fillette.

Je me suis quand même dit que je devais faire attention quand j'allais jouer au tennis en plein cagnard, à 16 heures. Le mieux serait de demander s'il est possible de changer d'horaire.

Camille avait envie d'aller prendre un apéritif au village des Lecques, où nous n'allons pour ainsi dire jamais. Ça m'allait bien, l'heure de tennis m'avait assoiffé, je me suis en passant attardé devant une vitrine de jouets, pour regarder ce qui se faisait de nos jours, c'était une très belle boutique, avec plein de choses insolites, notamment des lampes de projections lumineuses, une histoire aux personnages sobrement dessinés, pleins de poésie, je l'ai fait remarquer à Camille, qui me tirait par la main et voulait poursuivre son chemin, tout à coup j'ai vu des larmes à ses yeux, qu'elle peinait à retenir, je n'ai pas insisté, mais elle a ensuite eu une tristesse dans son regard, comme si elle pensait à autre chose. Elle a pris un Campari, avec un zeste d'orange, et moi une citronnade faite maison. On était bien. Il faisait encore chaud, sans que ce soit accablant comme dans la journée. J'aurais volontiers prolongé. Camille a préféré écourter. La nuit commençait de tomber.

13

Dès les premières heures, des voitures sont arrivées, j'entendais depuis le lit leurs manœuvres pour se garer, et le bruit des enfants impatients. La plage est bondée quand je sors, Camille dort encore, elle ne commence qu'à midi, jusqu'à 20 heures. Le dimanche, c'est usant, dit-elle. Davantage de chamailleries, de conflits, il est difficile d'avoir l'œil à tout. Elle a demandé à être secondée, mais ce n'est pas possible, ça coûterait trop cher et personne n'est disponible, il n'a déjà pas été facile de réunir assez de maîtres-nageurs pour la saison, elle en a d'ailleurs tiré profit, un salaire majoré par rapport aux années précédentes. C'est l'avantage de la pénurie. Elle n'est pas matérialiste, mais la crainte des fins de mois la tenaille, et elle tient à se faire respecter, elle voudrait mettre un peu d'argent de côté. C'est son expression, « mettre de côté ».

Dans la pinède qui jouxte le chemin du littoral, on ne trouve presque plus personne. Des bus sont passés samedi à l'aube et ont embarqué tout le monde, bientôt suivis par les camions de nettoyage. Les jardins sont impeccables, de même que la plage, les familles peuvent s'en donner à cœur joie. Les policiers municipaux se font discrets, ils cherchent un coin à l'ombre dès qu'ils le peuvent, leur rôle se borne à calmer les quelques jeunes qui font pétarader leurs motocyclettes. J'aurais envie de me baigner, de plonger dans la mer, de casser les vagues, mais la cohue est telle que j'y renonce. Demain ce sera mieux, et j'irai sur une plage voisine. Cela fait tellement longtemps que je n'ai pas ressenti la légèreté du corps dans l'eau salée, et la vision ondulante du ciel bleu à travers les yeux mouillés. J'aimais aussi, quand j'étais jeune, m'abrutir de soleil, lire un livre, m'endormir sur le sable, me réveiller, encore une ou deux pages, une trempette, et de nouveau ce délicieux mélange de lecture et de sieste, à journée faite, ensuite une douche, un apéritif, des rencontres, j'ai aimé cette jeunesse insouciante où l'on pouvait bronzer sans qu'un dermatologue ne vous alerte sur les risques de cancer.

Vers 18 heures les gens commencent de ramasser leurs affaires, une longue entreprise parfois, il faut rincer les enfants, les changer, passer des vêtements de conduite ou de ville, plier replier rouler enserrer, procéder à une dernière vérification, encore un râteau ou un maillot qui traîne, la grand-mère ferme la marche, instable sur le sable chaud. Je vois Camille au loin, concentrée. Quand je passe la chercher, une demi-heure plus tard, elle est à nouveau en conversation avec le mec de l'autre jour, en costume presque élégant qui détonne avec le cadre balnéaire. Elle s'interrompt et lui tourne le dos dès qu'elle m'aperçoit, puis vient à ma rencontre avec un large sourire. Je le vois glisser une enveloppe dans sa poche de pantalon et presser le pas pour s'éloigner.

14

Finalement, c'est jour de congé pour elle. On l'en a informée hier au soir. De toute façon, un lundi de ciel nuageux, il y a très peu de monde sur la plage, et puis, il faut bien qu'elle se repose un peu, nous sommes là depuis cinq semaines, elle n'a pas encore eu un seul jour de relâche. Ça l'a inquiétée, elle craignait de gagner moins cette semaine, elle a besoin de cet argent, elle ne veut pas dépendre de moi. Je pensais que Camille en profiterait au moins pour une grasse matinée, afin de récupérer de la fatigue accumulée, mais non, elle s'est levée très tôt. Elle est partie courir le long de la plage, une petite heure, et au retour elle a pressé des oranges qu'elle avait achetées en passant, elle est venue dans mon lit avec les deux verres remplis à ras bord, c'était tellement bon, le liquide rafraîchissant qui coulait à petites gorgées. Elle s'est déshabillée, encore légèrement en sueur, a empoigné ma queue pour la caresser doucement, puis elle est venue sur moi, je léchais ses fins mamelons, j'aime le grain de beauté qu'elle a sur l'aréole gauche, elle allait et venait, avec langueur, puis elle a un peu accéléré, en cambrant son dos, ça n'a pas duré très longtemps, j'ai joui, elle a continué une minute ou deux mais sans atteindre l'orgasme, elle s'est détachée, a laissé passer un temps puis elle est partie sous la douche, une interminable douche, elle chantonnait, et quand elle est réapparue, la chevelure emballée dans une serviette, nue et dégoulinante, j'ai eu encore envie d'elle. Jamais elle ne m'était apparue aussi belle, aussi envoûtante, mais déjà elle s'habillait, elle voulait faire quelque chose, n'importe quoi mais quelque chose, ensemble.

J'ai appelé l'agence bancaire, pour prévenir qu'un contretemps m'empêchait de passer retirer la somme convenue, je viendrais mardi ou mercredi. Cela ne leur posait pas de problème.

On a pris la voiture, j'ai rempli le réservoir, et nous sommes partis sur les petites routes de l'arrière-pays, à travers les oliveraies, les champs de tournesol ou de blé, les vignes. Camille a sorti son portable pour retrouver une adresse que lui avait indiquée un collègue, l'an dernier, un restaurant dans une ancienne bergerie au bout d'une route en cul-de-sac. D'habitude, elle n'est pas véhiculée quand elle descend faire la saison. Nous avons d'abord pris la route des crêts, sous un soleil écrasant mais avec l'air qui passait par les vitres baissées, au chant enivrant des cigales, et puis nous sommes redescendus, par une voie très étroite, impossible d'y croiser une autre voiture, c'était vraiment désertique, à l'écart de tout, et finalement, au bout d'un parcours fastidieux, en lacets, nous sommes arrivés dans une minuscule vallée escarpée, avec une rivière au faible murmure, il n'a pas plu depuis longtemps, et bientôt c'était l'auberge, avec des tables en plein air sur des sortes de paliers aménagés dans la prairie, de lourdes tables et des bancs en bois massif. Se trouvaient là, déjà installés, une famille avec trois enfants, étrangère, probablement des Hollandais ou des Flamands, d'une blondeur excessive, et un couple de type plus méditerranéen. Un des blondinets s'émerveillait devant un iguane qu'il tenait dans les mains, spectre immobile et docile, l'œil à l'aguet, d'autres congénères s'égaillaient autour, sur la table ou dans l'herbe ou sur un tronc, dans un ballet joyeux et énigmatique venu de temps antiques. Les deux tenanciers, plutôt bougons, nous ont proposé une assiette de charcuterie et melon, avec du vin blanc de leur production, c'est tout ce qu'ils avaient à la carte. Nous avons mangé de bel appétit, le jambon cru coupé au couteau était un pur délice, le melon bien mûr regorgeait de saveur.

Nous nous sommes un peu éloignés et avons trouvé refuge à l'ombre d'un arbre, pour une sieste à même l'herbe folle, dans la douceur des heures creuses et indolentes. Tout s'effaçait, il ne restait que cette sensation d'être suspendu dans une poche d'air, oublié du monde, dégagé de toute contrainte, de tout engagement. De tout enchaînement. Ça aurait pu être une belle fin. Anne a toujours dit que je partirais en dormant, ou en somnolant. J'ai pensé au moniteur de tennis, il devait m'attendre, je n'avais même pas eu le réflexe de le prévenir, de laisser un message au club en passant, et j'ai aussitôt chassé cette idée, pour retrouver le vide et Camille qui dormait, la bouche ouverte, caressée doucement par la brise. Une parfaite journée. À nouveau, elle a prononcé ce prénom, « Barbara », à mi-voix, dans sa somnolence.

Le retour fut muet. Au bout d'un moment j'ai mis la radio, une station musicale. Camille n'a pas tardé à l'arrêter. Elle préférait la musique des cigales et du vent. À l'embranchement de la route nationale, deux voitures de police procédaient à un contrôle, mais les gars nous ont laissé passer sans poser de questions, ce n'est visiblement pas nous qu'ils cherchaient, ou pas des gens comme nous.

15

Il n'était pas tout à fait 9 heures, et de toute façon j'avais le temps, je ne voulais pas donner l'impression d'être impatient, ou pressé, j'ai donc décidé d'aller prendre un café dans le Vieux-Port de La Ciotat, près des chantiers navals, où quelques pêcheurs débarquaient des cageots au cul du bateau, à la hauteur de la digue. J'aurais volontiers acheté deux loups pour notre dîner, mais je ne comptais pas rentrer avant le milieu bien avancé de l'après-midi, ce serait trop long. Le soleil était bas, je l'avais dans les yeux, et j'ai pris un journal pour m'en protéger, le quotidien régional, dont la une et de nombreuses pages étaient consacrées à un nouveau flux de migrants, on annonce des fermetures de frontières, avec l'Italie, avec l'Allemagne, l'Espagne, et la Suisse bientôt, qui va désormais elle aussi exiger des visas. Les traversées de la Méditerranée sont de plus en plus nombreuses, les populations fuient la guerre, la sécheresse, la famine, la corruption, le désespoir sans fin, ce sont le plus souvent des petites embarcations de pêcheurs, ou des hors-bord volés, parfois des chalutiers.

Je commençais à avoir trop chaud, je me suis dirigé vers l'agence, m'arrêtant sur le chemin pour acheter des enveloppes à bulles dans une Maison de la presse, j'ai aussi pris deux feutres, une large bobine de scotch transparent et une paire de ciseaux. La file d'attente débordait jusqu'à l'extérieur de l'agence, j'avais oublié que c'était le début du mois, de nombreuses personnes âgées patientaient pour retirer une partie de leur mensualité, en parlant entre elles à voix basse, des visages fripés, bronzés, secs, et des chevelures décolorées ou violacées. Quand enfin est venu mon tour, l'employée du guichet est allée chercher la directrice, qui est revenue avec un air embarrassé, elle m'a demandé de la suivre un peu à l'écart, par discrétion. « C'est une trop forte somme, veuillez me suivre dans mon bureau, nous pourrons compter les liasses ensemble, à l'abri des regards indiscrets, et je vous ai préparé plusieurs enveloppes. » Tout à coup, elle devenait plus agréable, et presque avenante. Elle a tout recompté devant moi, par liasses de mille euros à coups de billets de vingt et surtout de cinquante. J'ai introduit cela dans deux enveloppes distinctes, que j'ai glissées dans les poches intérieures de ma veste, je lui ai rendu les autres enveloppes et lui ai souhaité un bel été. « Vous ne reviendrez pas ? » s'est-elle étonnée. J'ai haussé les épaules, et je suis sorti de son bureau pour traverser le hall en direction de la sortie, sans un mot pour personne. J'avais hâte de passer à la prochaine étape.

Le bureau de poste était lui aussi envahi de petits

vieux, plus pauvres d'allure peut-être, et j'ai encore perdu une bonne demi-heure à attendre mon tour. J'avais eu le temps de fermer l'enveloppe avec le scotch, et d'écrire mon nom avec la mention « Poste restante, aux Lecques ». Premier petit caillou lancé dans les ramifications du courrier. L'employé m'a répété à plusieurs reprises que l'enveloppe, enfin le petit paquet, serait gardé un mois, pas un jour de plus, il fallait prévenir le destinataire. J'ai acquiescé de la tête.

16

La plage Dorée à Sanary était presque déserte en cette fin de matinée, j'ai trouvé facilement à me garer et j'ai disposé la grande serviette que je venais d'acheter sur le sable. Le soleil piquait déjà la peau au sortir du bain, à cause du sel. Je me suis légèrement endormi. Les familles commençaient à arriver, au compte-gouttes, on déballait d'abondants pique-niques, les parasols mal plantés s'envolaient, le vent s'est levé vers midi, les enfants riaient, les mères criaient, s'énervaient, finissaient par rire elles aussi, je suis remonté vers le parking, continuant jusqu'à une boulangerie où je me suis acheté un sandwich, une baguette farcie de thon, tomates et mayonnaise, je n'avais pas mangé de sandwich depuis des années, et j'en ai apprécié la simplicité. Ça m'a rappelé mes premiers séjours à Paris, quand je prenais un sandwich rillettes ou pâté au zinc, pour déjeuner, avec un demi, il y avait aussi des œufs durs, trop cuits, au jaune verdi ou bleui, avec salière et poivrier, on perdait ainsi peu de temps, avant de continuer le parcours, ou de repartir dans une salle obscure.

Quand je suis rentré à l'appartement, Camille n'était pas là. J'ai récupéré la tablette, posée comme souvent sur la table de la cuisine, dans l'idée de lire un magazine en ligne, quelque chose sur les voyages, ou la cuisine, ou le sport, tout sauf l'actualité, mais le code ne fonctionnait plus. Je l'ai retapé trois fois, et rien, l'espace de saisie des chiffres tressautait. Je n'ai pas insisté, de peur de tout bloquer. Les heures passaient, et vers minuit, je me suis endormi, sans avoir mangé. Je me suis réveillé vers 2 heures, elle n'était toujours pas là. Et je n'avais pas de moyen de la joindre. Je n'ai pas réussi à trouver le sommeil.

À son arrivée, j'ai fait semblant de dormir. Je l'ai vue se glisser à pas de loup vers sa chambre, avec un sac de plastique à la main, puis elle a refermé très doucement la porte derrière elle. Je l'ai entendue remuer des choses, même si elle prêtait attention à faire le moins de bruit possible. Je me suis finalement endormi, après avoir entrouvert la fenêtre, un air plus frais caressait mon visage, tant pis pour les moustiques.

Quand je me suis levé, vers 8 heures, Camille avait déjà son café devant elle. Je lui ai demandé si elle était rentrée tard. Elle a dit, non, pas trop, mais tu dormais déjà et j'étais très fatiguée. Je lui ai proposé un jus d'oranges pressées, elle a répondu, non je file, j'ai un rendez-vous avant le travail. À ma question sur le code de déverrouillage de la tablette, elle a fait semblant de ne pas comprendre dans un premier temps, et au moment où elle claquait la porte derrière elle, elle a lâché à voix retenue, « ah oui, c'est vrai, je l'ai changé », sans rien ajouter. Elle était déjà au loin.

17

Cette fois j'avais pris la précaution d'appeler la veille, pour aviser de mon retrait, des billets de cinquante, uniquement des billets de cinquante, mon interlocutrice a insisté, il fallait un passeport, et un passeport valable. L'agence de Bandol n'est pas plus grande que celle de La Ciotat, mais plus lumineuse. L'employée n'a pas fait un pli, elle a sorti le cash de sa réserve, sous le comptoir, et a compté devant moi, par groupes de dix, cent billets de cinquante, le compte était bon, au suivant. Et j'ai répété la même opération que l'autre jour à la poste, à destination du bureau de La Ciotat. Finalement, c'est une occupation presque amusante. Les prochains jours y seront consacrés pour le temps de la matinée, et ensuite sandwich, baignade, tennis, Camille.

18

Ce soir, nous avons décidé de ne manger que des fruits, des nectarines pour elle, des abricots pour moi. Ça m'allait parfaitement. Et nous avons bu une bouteille d'eau gazeuse. Il faisait encore chaud. Une chaleur étouffante. À un moment j'ai demandé si je pouvais utiliser la tablette, les championnats de football ont repris, je voulais consulter les résultats, elle m'a répondu non, j'en ai besoin. J'ai insisté, lui demandant par la même occasion quel était le nouveau code. Elle a refusé, elle avait besoin de la tablette et ne voulait pas me donner le nouveau chiffre, par crainte que je vienne encore fouiller dans ses affaires, dans son monde. Elle a dit cela, « mon monde ». Et elle a ajouté : « Tu n'as qu'à aller au bar, ils ont la télévision, tu sauras tout. » Puis elle s'est éclipsée dans sa chambre, en fermant la porte à clé derrière elle. J'ai failli lui crier dessus, mais je me suis retenu. D'habitude, quand j'éprouve une contrariété, j'appelle quelqu'un, un ami, ou ma sœur, ou un confrère, mais je n'ai plus de téléphone portable, plus de numéro en tête ni de lieu d'où appeler, alors je me suis concentré sur la carte de la région que j'avais achetée à Bandol dans une petite librairie bien achalandée, et j'ai fait le plan de la semaine, avec la liste des agences bancaires et des bureaux de poste, Cassis, Marseille, Aubagne, Toulon, Le Pradet, Brignoles, je verrai du pays. Dans le petit carnet de notes acquis dans la même librairie, j'ai tracé des colonnes, avec à chaque ligne la ville et la date butoir pour retirer l'enveloppe. En un mois et quelques jours, l'opération serait menée à terme. Il faudrait ensuite la renouveler, mais j'avais tout loisir d'y penser.

19

Peut-être Camille avait-elle le sentiment d'avoir poussé trop loin, et nourrissait-elle des regrets. Quand elle m'a aperçu de loin, le lendemain en fin de journée, tandis qu'elle quittait la plage pour le trottoir en bordure de route, elle a couru joyeusement et m'est tombée dans les bras, elle m'a embrassé longuement, j'aimais son odeur, de sel, de transpiration, de soleil, de jeunesse.

Elle m'a proposé d'aller au restaurant, celui avec terrasse, on n'y est plus allés depuis son anniversaire, et il restait miraculeusement la même table, un peu à l'écart, dans le coin, avec vue sur la plage et la mer. Bien sûr, les policiers étaient toujours en faction, mais elle affichait sa bonne humeur. Nous avons commandé des entrées, uniquement des entrées, et un vin rosé bien frais. Camille désirait en savoir plus, sur moi. La légère ivresse aidant, je lui ai parlé, de ma jeunesse, des études à Londres, mon installation là-bas, les affaires tournaient à plein régime, puis la rencontre avec Anne, quelques années plus tard, une passion immédiate, durable, elle était mon aînée de huit ans, elle venait de divorcer d'un mari trop possessif, trop joueur, trop flambeur, qui allait d'ailleurs mourir jeune mais nous ne le savions pas, elle aspirait à plus de sérénité avec son petit garçon, « j'ai aussi un chat » avait-elle ajouté, « et je ne m'en séparerai jamais », elle avait ri mais avec une nuance de peur, comme si j'avais pu refuser d'accueillir un animal domestique, tandis que l'enfant était une évidence. Nous avions des postes bien rémunérés, dans d'importantes firmes internationales, elle surtout, une suite ininterrompue de promotions jusqu'à ce qu'elle obtienne la direction dont elle rêvait. Cela impliquait de revenir s'installer à Paris. Au fond j'ai toujours suivi Anne, elle était tellement énergique, enthousiaste. Nous avons passé quelques années merveilleuses, et puis un changement d'actionnaires, un nouveau patron dans les mains du groupe, engagé pour faire la basse besogne, inciter à partir sans organiser de plan social, la pression, les remarques désagréables, ou l'absence de remarque dans les moments de réussite, jamais une félicitation, un art consommé de minorer les mérites et de monter les faiblesses en épingle. Je sentais qu'elle était moins bien, que le réveil était plus difficile, qu'elle parlait moins de ses dossiers, de ses collègues, de la boîte, qu'elle était absente parfois, dans ses pensées qui la rongeaient, mais de là à penser que tout devenait si insupportable, si étranglant, je n'ai pas vu venir l'issue. Brusquement j'ai relevé la tête. Camille semblait très attentive, et triste. Je suis passé à autre chose. À ce que nous pourrions faire après la saison ici, en bord de mer. Puis je me suis risqué. J'avais envie de lui demander qui était Barbara, dont elle prononçait le prénom à son insu, dans la nuit des rêves et peut-être des cauchemars. Mais j'ai emprunté une voie plus indirecte, pour ne pas la cabrer. Avait-elle fait un sacrifice en se mettant avec moi ?

– Un sacrifice ?

– Oui, est-ce que tu as renoncé à quelqu'un ou à quelque chose pour moi ?

– Je n'aime pas ce mot. Ici, nous sommes entourés de gens invisibles qui font de vrais sacrifices, d'énormes sacrifices, certains des leurs l'ont même payé de leur vie, alors faisons attention aux mots que nous employons.

– Tu as raison. Désolé. Mais la question demeure…

– Je n'ai pas envie de parler de moi. Le moment n'est pas venu.

– Mais moi j'ai parlé de…

– C'est ton choix.

– Oui, on peut le voir comme ça…

– Disons qu'on n'est jamais tout à fait seule au monde. Jamais. Il y a des ombres. Et ce monde m'effraie. L'espace fermé m'effraie. L'appartement m'effraie. La famille m'effraie. Regarde autour de toi. Tout ce barouffle quotidien m'afflige. Pourquoi quitte-t-on un endroit pour aller ailleurs ?

Je ne m'attendais pas à cette question. Je l'ai regardée fixement dans les yeux, redoutant un piège, ou de donner une mauvaise réponse qui allait l'énerver.

– Par désir. Par peur, parfois, ai-je hasardé.

– Par besoin. Regarde ces gens tapis dans l'ombre, là, qui se feront bientôt expulser, ou déplacer. Il n'y a que les riches, les nantis, pour voir les migrants comme des profiteurs qui veulent bénéficier de notre bien-être, de nos avantages. Mais ce n'est pas du tout ainsi que ça se présente. Un soir, tu sens qu'il faut partir, qu'il n'y a pas d'autre solution. Et tu suis le sens des filières, jusqu'au moment où tu trouves un passeur, et là, c'est le plongeon dans l'inconnu.

J'aurais voulu commander une deuxième bouteille de vin rosé, ou au moins un autre verre chacun, mais l'euphorie était retombée, elle était fatiguée et souhaitait rentrer. À peine étions-nous arrivés à l'appartement qu'elle filait vers sa chambre et tournait la clé dans la serrure.

20

Nelly a bien mené sa mission, et l'entièreté de la promesse de vente des deux biens a été versée sur mon compte personnel, comme je le lui avais demandé. J'étais parmi les premiers clients, dès l'ouverture de l'agence. Je m'étais levé à l'aube, par crainte de la circulation matinale, mais il n'y avait que peu de voitures sur l'autoroute, le trafic s'est révélé fluide de bout en bout. Il n'y a eu aucun problème pour retirer la somme désirée, même sans avoir prévenu la veille, c'est l'avantage des grandes agglomérations. Ensuite, je suis parti vers les hauteurs de la ville.

Le musée Matisse était presque désert. Un lundi, rien d'étonnant. La grande façade rouge brique aux volets verts se découpait sur un ciel sombre, presque noir par endroits, on a annoncé des orages pour l'après-midi. J'ai passé pas loin de dix minutes devant un tableau que je n'avais jamais vraiment considéré jusque-là, *Tempête à Nice*, et j'ai alors découvert grâce au petit cartel que le peintre avait failli quitter la côte où il avait plu pendant un mois lors de son premier séjour, à l'hôtel Méditerranée. Le climat d'ici est peut-être plus imprévisible qu'on ne croit. Mais le soleil avait fini par revenir, et par allumer les couleurs. J'ai longuement admiré la *Nature morte aux grenades* et les collages, en particulier le *Nu bleu.* Pourtant, j'étais déçu et triste de vivre cela sans Camille, dont l'attitude hostile ces derniers jours m'a plongé dans une forme de mélancolie que je n'avais plus éprouvée depuis le décès d'Anne. En sortant, je suis redescendu en direction de la mer et me suis arrêté à la grande librairie Masséna. Les livres sur Matisse étaient légion. J'ai choisi un gros volume de Pierre Schneider, et un recueil d'entretiens, puis je suis allé m'installer sur un banc du jardin Albert-Ier. Le ciel semblait moins menaçant qu'à mon arrivée, je me suis mis à feuilleter les pages de l'importante monographie, je découvrais plein de tableaux magnifiques, chaleureux, et j'ai commencé de lire le texte, fluide et généreux.

J'avais cette forte somme d'argent sur moi, une enveloppe bien remisée dans la poche intérieure de ma veste, pourtant j'ai renoncé à aller à la poste. Je vais tout garder avec moi, désormais. Qui pourrait me soupçonner de trimballer un tel magot ?

En allant attendre Camille dans le petit jardin derrière son poste de garde, j'ai reconnu le type avec qui je l'avais vue parler à deux reprises. Il avait l'air inquiet, ou à l'affût. J'ai détecté en lui la peur de l'illégalité. Alors je l'ai approché, et je lui ai dit, « Camille m'a parlé de vous, elle pense que vous allez pouvoir m'aider ». Il a froncé les sourcils. « Camille ? » « La maître-nageuse. » « Ah oui, la petite Parisienne », il avait l'accent chantant de la région. « En fait, je cherche un passeport. » Il a fait le geste de s'éloigner, de ne pas vouloir entrer en matière, mais il s'est ravisé, il m'a demandé : « Un passeport français ? » J'ai répondu : « Oui, ou autre si c'est plus simple, mais francophone en tout cas. » J'ai ajouté : « N'en parlez pas à Camille, s'il vous plaît, ça ne la regarde pas vraiment, et elle risquerait de mal interpréter. » Il m'a dit : « Vous avez des photos d'identité ? » J'en avais, dans mon portefeuille, récentes qui plus est. Il a pris deux photos, et m'a donné rendez-vous pour le surlendemain, à la même heure. « Vous avez un nom de préférence ? Ou un prénom ? » Je lui ai écrit sur un bout de papier, « Pierre Glaser ». Et j'ai griffonné une date de naissance proche de la mienne.

21

– Robert Bloch-Laroche.

– Un instant, je vais voir.

L'employé du bureau de poste de La Ciotat semblait d'humeur bougonne, il venait d'être monopolisé par une dame dans la cinquantaine qui demandait des renseignements relatifs à l'ouverture d'un compte, la queue derrière moi s'était allongée et des personnes venaient régulièrement vérifier que c'était le bon guichet pour envoyer un paquet, ou pour des timbres de collection, ou pour un pli recommandé, de toute façon il n'y avait pas vraiment d'autre endroit. Ça a beaucoup changé, il n'y a plus de véritable comptoir, tout est ouvert, la plupart des opérations se font en libre accès, avec la carte de crédit. J'ai justement pensé que j'allais détruire ma carte de crédit, je n'en avais plus besoin avec tout le liquide que je transporte sur moi, et ça supprimera les dernières traces de mes déplacements et de mes actions.

– Votre passeport ?

– Ah, il faut un passeport ?

– Il faut que je vous identifie, a répondu le jeune homme, et il a souri.

Je lui ai tendu le document, qu'il a à peine regardé, c'était plus par habitude que par méfiance ou surveillance, ai-je pensé.

– Voilà le paquet, monsieur Bloch. Pardon, Bloch-Laroche.

J'ai pris l'épaisse enveloppe et l'ai glissée dans l'autre poche intérieure de ma veste, celle de gauche. Ainsi, avec les dix mille retirés la veille à Nice, j'avais vingt mille euros sur moi. Ça ne m'inspirait aucune peur ou angoisse. Avec tous les flics qu'il y a partout le long de la côte, je ne vais pas me faire agresser. C'est d'eux que j'aurais le plus à craindre, en fin de compte, en raison du plafonnement de la somme en liquide autorisée. Mais ils ont d'autres préoccupations que ma pomme, et ils ne me prêtent même pas attention quand je les croise, ils ne disent jamais bonjour, comme si on n'existait pas, comme si on était absent du paysage. Leur mission, ce sont les migrants. Les surveiller. Les contrôler. Les évacuer vers les camps, à intervalles réguliers.

22

J'avais préparé les quarante billets de 50 euros, dans une petite enveloppe. Lui aussi avait eu la précaution de glisser le passeport dans une enveloppe. Nous nous sommes assis à une terrasse, il a commandé un pastis, j'ai pris un jus de tomate, sans glaçon sans citron ai-je précisé, et nous avons posé les enveloppes identiques ou presque sur la table, mine de rien, il a récupéré celle où il y avait l'argent, en partant j'ai glissé celle du passeport dans la poche arrière gauche de mon pantalon, nous nous sommes éloignés, comme deux amis qui prennent congé. Brusquement je me suis retourné, je l'ai rappelé, et je lui ai dit que je voulais un autre passeport si c'était possible, un passeport suisse cette fois, au nom d'Antoine Rouge, comme la couleur, Rouge, avec la même date de naissance que pour Pierre Glaser, ce serait plus simple. Il m'a dit qu'il ne l'avait pas gardée en mémoire, qu'il avait détruit le bout de papier que je lui avais donné, alors je lui ai répondu : « Peu importe le jour et le mois, pourvu que ce soit 1974. »

Et j'ai encore ajouté : « J'aimerais aussi un permis de conduire. Celui-là au nom de Glaser, Pierre Glaser, hein. Je vous remets la date de naissance. Permis passé en 2000. » Il a hoché la tête et m'a prévenu à voix basse, ce sera un peu plus long que la première fois, il devait changer de prestataire, ça m'a étonné qu'il emploie ce mot, « prestataire ».

23

« Au fond, je n'aime pas les hommes. Tu n'y es pour rien. Ou pour pas grand-chose. Au contraire, tu es un type gentil, et doux, et généreux, j'adore baiser avec toi, tu es tendre, attentionné, tu penses à mon plaisir plus qu'au tien, mais tu es quand même un homme, et je ne fais pas confiance aux hommes. Je n'ai jamais fait confiance aux hommes. Depuis toute petite. Je ne sais pas si c'est un truc construit à travers les siècles, ou si c'est le fait d'avoir cette queue qui gonfle, qui peut devenir tellement dure, en tout cas vous êtes des prédateurs en puissance, comme si le monde vous appartenait, que vous y étiez naturellement des propriétaires. Les femmes semblent vous revenir de droit, elles sont des mystères à saisir, à consommer, ou à étouffer, à étrangler, et ça, on ne va pas vous le pardonner. Moi en tout cas je ne le pardonne pas. La vengeance est un plat qui vient à son heure. » Elle a marqué une pause, avec un silence rêveur, elle semblait tout à coup très loin, perdue dans ses pensées, elle a froncé les sourcils, m'a regardé presque surprise, et elle a ajouté en souriant : « Je ne dis pas ça pour toi, la vengeance. »

Plus tard, elle a poussé discrètement la porte de sa chambre et m'a rejoint dans le grand lit, toute nue. « Fais-moi bien l'amour. » Elle était chaude, et moi, je me sentais mal à l'aise, je bandais mais je me sentais mal à l'aise, et presque honteux de cette queue turgescente, de cette excroissance qu'elle aimait et détestait à la fois.

J'ai pensé à Rouge, le personnage pêcheur et débonnaire de *La Beauté sur la terre* de Ramuz, j'étais ravi à l'idée de porter bientôt son nom, comme une des variantes de ma vie à venir, mais en attendant, je voyais bien que j'étais en train de perdre Camille, elle me détachait d'elle comme une peau dont il faut se défaire pour grandir ou survivre et j'étais là, ongle sans orteil. Pour la première fois depuis très longtemps, j'ai eu des larmes aux yeux, et un profond sentiment d'abandon.

24

J'ai laissé un mot pour Camille sur la table de la cuisine, je voulais profiter de l'aube pour aller voir la mer depuis les Calanques et serais de retour en fin d'après-midi, je passerais la prendre au poste de garde, comme d'habitude.

J'avais préparé l'itinéraire, vingt et un bureaux de poste en tout, pour autant de retraits à travers la région, il fallait enchaîner, tout faire en une journée représentait un challenge, j'ai toujours aimé les défis, j'aurais même pu minuter chaque tronçon, grâce à Mappy ou à Waze, ça allait aussi dépendre de la circulation, surtout aux alentours de midi et à la reprise des activités vers 14 heures.

Une fois que tout a été fait, bénéficiant de plus de temps que prévu devant moi, j'ai décidé d'aller encore à La Ciotat et d'expédier le contenu d'une des enveloppes récupérées à l'adresse poste restante de Bandol, au nom de Pierre Glaser. Et une autre au nom d'Antoine Rouge, à la poste restante des Lecques. Pour le fun, j'ai pensé. Pour roder la mécanique, si besoin.

J'ai aussi acheté une petite valise, à l'hypermarché d'Aubagne, et du papier d'aluminium. À mon retour à l'appartement, j'avais encore une heure devant moi avant que Camille ne termine sa journée, j'ai emballé chacune des enveloppes dans de l'alu, et j'ai mis l'entièreté du magot dans la valise, 110 000 euros, au milieu de quelques paires de chaussettes et de quelques boxers, puis j'ai glissé la valise sous le lit, il y avait plein de poussière, j'en ai profité pour donner un coup de balai.

Quand Camille m'a retrouvé, dans l'habituel petit jardin public situé à deux pas de sa tour de contrôle, elle m'a regardé fixement, et elle m'a dit que j'avais changé, que mon visage avait quelque chose de différent. Ou mon regard. « Mon regard ? » « Oui, ton regard, il y a quelque chose dans tes yeux que je n'ai jamais vu. » Nous sommes rentrés sans détour par un bar ou un restaurant, elle n'avait pas faim et voulait poursuivre des recherches sur la Toile, je n'en saurais pas plus.

25

Les journées passent, dans la chaleur de l'été. Camille est là, à mes côtés, toujours aussi belle, aussi élancée et énergique, mais nous ne vivons plus ensemble. Nous vivons juxtaposés. Et elle ne me voit plus. Plus vraiment.

J'ai fait le compte de la semaine écoulée, depuis le moment où j'ai planqué la valise sous le lit. Elle n'est pas une seule fois venue me rejoindre pour la nuit. Nous avons un soir fait l'amour, dans la cuisine, après avoir bu un peu trop de vin rosé, elle me murmurait des choses salaces dans l'oreille, nous étions suintants dans la semi-obscurité, elle sentait plus fort que d'habitude, et nous avons joui presque en même temps, mais en dehors de cela, rien. On se parle à peine, comme si elle était lasse des histoires que je lui raconte parfois et dont elle se montrait pourtant si friande, au début. Elle passe ses soirées sur Internet, ou du moins je le suppose puisqu'elle s'enferme dans sa chambre. J'entends le cliquetis du clavier. Inutile d'espérer récupérer la tablette, qui est désormais son entière possession. Il semble si loin, ce moment de la terrasse sous la pluie, à Paris, et de l'enivrement qui a suivi.

J'ai essayé d'appeler Alain, mais je tombais sur son répondeur, et comme je le faisais depuis un café, je n'ai pas multiplié les tentatives. Je lui ai simplement laissé un message, à la deuxième tentative. « Je suis absent. Pour longtemps. Je pense à toi. Notre amitié est essentielle. »

Au moment de partir, vers 10 heures, Camille est venue m'embrasser, ce qui n'était plus son habitude depuis un bon moment. Je buvais mon café face à la fenêtre ouverte, au soleil déjà brûlant. « À ce soir. » J'ai répondu : « Oui, à ce soir. » Elle m'a encore regardé, en plissant les yeux, puis elle est partie, t-shirt rouge, short blanc et baskets blanches, la peau finement bronzée. Elle l'a fait discrètement, mais j'ai bien vu qu'elle avait fermé la porte de sa chambre à clé, et qu'elle avait emporté celle-ci avec elle. C'est vendredi et veille de l'Assomption aujourd'hui, il y aura du monde à la plage dès le début de l'après-midi. On a entendu hier soir le va-et-vient des bus et camionnettes qui embarquaient les migrants pour ensuite bien nettoyer les lieux.

L'étranger est une occasion (proverbe suisse) II :

Les républicains de 1848

Déjà la réaction aux journées révolutionnaires de Février avait été violente et ferme, comme une répétition générale, mais le pire était à venir et juin 1848 connut une sanglante répression de tous les républicains en vue, dont Théophile Thoré faisait partie, comme artiste, et comme un dirigeant potentiel du pays puisque Lamartine lui avait un temps proposé la direction des musées nationaux. On l'avait emprisonné, autrefois, à Sainte-Pélagie, pour ses idées. Sa participation au soulèvement du 15 mai 1849 non moins que son hostilité affichée à l'expédition française de Rome pour y rétablir le pape en font désormais un proscrit obligé de se cacher, chez des proches de confiance, à la campagne, puis à Bruxelles, où il prend le nom de William Bürger. Il passe encore par l'Angleterre, traverse à nouveau un peu de France, se résout à filer vers Montbéliard. Là, il rencontre un certain Laroche dépêché de Besançon pour lui servir d'ange gardien et l'aider à gagner la Suisse, où les radicaux ont triomphé et sont susceptibles de lui assurer compréhension et aide, sans contrevenir aux bonnes relations diplomatiques bien sûr. Il convient donc de se faire discret, de ne pas alerter les douaniers, ni d'ameuter. Laroche accompagné de quelques camarades guide Thoré dans la nuit, on effleure Vandoncourt endormie, puis Croix, on traverse un coteau boisé, des bornes de granit marquent la frontière, il devine la fleur de lys en bas-relief sur une face, et sur l'autre face un ours oblique. On se sépare. Les camarades rebroussent chemin. Laroche entraîne Thoré avec lui, ils doivent courir de toutes leurs forces, et c'est fait, ils ont passé la frontière, des gens les attendent, dans la ferme dite du Paradis. Trois fenêtres éclairées se découpent dans l'obscurité, on leur fait bon accueil. C'est le mois d'août de l'an 1849, les journées sont chaudes, et les nuits bien douces. La dame de la ferme, mammaire et pâle aux cheveux noirs de merle, leur sert à chacun une saucisse fumée et une belle tranche de pain qu'elle découpe d'un geste large dans la grande miche qu'elle a libérée de sa serviette protectrice en coton aux carreaux rouges et blancs et qu'elle tient contre sa hanche.

Le lendemain, Thoré et Laroche s'attardent un peu dans la jaune Porrentruy, escaladent les Rangiers, gagnent Delémont et sa souriante vallée, puis filent vers la région des lacs. Ils s'en font toute une idée et se réjouissent de découvrir ce ravissant paysage, dont Théophile s'est fait quelque idée à travers des peintures anglaises, les artistes du Grand Tour. Ils ne sont pas déçus. Les roselières le long du lac de Neuchâtel les enchantent. Puis c'est Lausanne, en pentes raides qui les lassent vite, Thoré surtout, et ils trouvent à s'installer dans la douce Ouchy, commune à l'esprit libre, influence probable des pêcheurs de perche qui sont nombreux à y élire domicile.

La venue de Théophile Thoré avait été annoncée par des courriers. On souhaite le rencontrer, obtenir des informations détaillées sur la situation en France et à Paris. Son esprit est vif, le verbe précis. Il prend ses aises au Café du Port, qui est devenu une sorte de bureau. Pour un homme de quarante-cinq ans, il a plutôt belle allure. Mais il ne faut pas s'enkyster, au risque de devenir trop repérable. Alors Théophile circule, toujours accompagné de Laroche, compagnon de pensée et garde du corps. Montreux, Villeneuve, Saint-Gingolph, Genève, Lausanne, à nouveau Montreux, Neuchâtel, Bâle où Thoré retrouve Milady, sa compagne évanescente que personne ou presque ne connaît de près, pas même Laroche, tenu à l'écart et qui s'en offusque un peu. Retour à Lausanne. Ils dînent parfois à Genève chez James Fazy, le leader radical de la ville. Leurs mouvements sont facilités par de fausses identités. Il est Paul Dutreih, peintre, son passeport l'atteste. Laroche est Duroc, ça les fait rire. Ils ne sont pas des réfugiés, mais des étrangers. La nuance est de taille. C'est que les républicains de France pullulent et finissent par inquiéter. Ils apportent des idées neuves, un idéal. Une conception de l'État. Le préfet de Lausanne, Meystre, tout comme l'avocat Eytel, protège Thoré et ses condisciples. Ses besoins sont modestes, sa mère y pourvoit quoique en désaccord avec ses idées et soucieuse de le savoir en terre protestante. Pour le reste il lui arrive de vendre quelques toiles, ça renforce son identité d'emprunt et le goût de l'art est toujours aussi développé en lui, Laroche se charge de négocier les prix. On lui demande de ne pas se manifester, de ne pas trop publier, il obéit, se contente de quelques articles, sous pseudonyme le plus souvent, dont cette phrase : « Un pommier ne produit pas de cerises et une machine monarchique ne saurait produire la démocratie et la liberté. » Ce sera un jour le temps des cerises, pas pour longtemps.

Théophile et Laroche fréquentent d'autres révolutionnaires exilés et proscrits, Félix Pyat, Louis Avril, Robillard, Champseix chez qui ils logent quelques jours. C'est Ouchy qu'ils préfèrent, mais ils y passent désormais peu de leur temps. Les voilà à nouveau à Genève, en ce début de décembre 1851. On y apprend, le 4 dans l'après-midi, qu'un coup d'État mené l'avant-veille par Louis-Napoléon Bonaparte, futur Napoléon III, bouscule les règles électorales et annonce un pouvoir encore plus musclé. La blague, la très mauvaise blague va prendre la forme d'un Second Empire qui durera vingt ans, on ne le sait pas encore. Réunion d'urgence, au Grütli, un local genevois acquis à la bonne cause. Et le lendemain à La Solitude, les échanges sont vifs, on rédige une proclamation qui est un appel aux armes, l'ambassadeur de France en a connaissance par un traître délateur de l'imprimerie, le tract n'est pas vraiment diffusé. On cherche à se rendre en France, pour y lever des troupes rebelles, mais en vain. Les autorités veillent, d'un côté comme de l'autre, la Suisse ne veut pas de guerre et la situation est déjà suffisamment tendue. Laroche rejoint Besançon, où il excelle dans la mécanique de précision et tâte de l'horlogerie. Théophile Thoré passe par La Chaux-de-Fonds, puis Bâle, on imagine qu'il traverse Belfort, c'est pour se rendre à Bruxelles. La Suisse a bien profité de son intelligence, et s'est durablement nourrie des élites républicaines et radicales françaises qui ont irrigué la jeune Confédération de 1848.

L’éclipse

1

Le garagiste de Bandol faisait une drôle de moue, les modèles hybrides il n'y a pas vraiment de marché d'occasion, il est parti consulter son ordinateur, le prix à l'Argus serait de vingt mille euros environ, mais il ne pouvait pas mettre une telle somme, sans compter qu'il y avait quelques accrocs à la carrosserie. Je lui ai demandé de me proposer un prix. D'abord il ne voulait pas. Il ne sentait pas le coup. «Je n'ai pas envie de l'avoir sur les bras pendant des mois, ou des années, ça se déprécie vite. Surtout un SUV, les grosses voitures n'ont plus bonne presse, vous avez vu dans la région c'est plein de petites routes, on circule mal avec un tel volume.» Il a tordu ses lèvres, pris un air absorbé, puis il m'a lâché : « Dix mille, à dix mille je vous la prends. » C'était peu. J'ai dit, quinze. Il a fait signe de la tête que non, il n'allait pas négocier, c'était à prendre ou à laisser. J'ai pris. Il voulait me payer en cash, si ça ne m'embêtait pas, mais on était lundi matin, il fallait lui laisser le temps de se retourner. J'ai fait semblant d'hésiter, comme si je faisais un sacrifice, et j'ai acquiescé. « Revenez en début d'après-midi, j'aurai rempli les papiers et réuni la somme. »

Ça me laissait trois bonnes heures pour mener l'autre opération. Direction La Ciotat. En train. Je finis par me sentir vraiment bien dans cette petite ville populaire et chic à la fois, industrielle et rêveuse. Une ville-monde, ouverte sur le large.

Le garage présentait une vaste gamme de voitures neuves ou d'occasion. Je désirais une voiture banale, mais rouge, de préférence française pour faciliter d'éventuelles réparations, c'est ainsi qu'on réfléchissait du temps de ma jeunesse, même si on préférait les italiennes, l'Alfa Romeo en particulier, qui fut ma première voiture, une Giulia Supernuova 1600 rouge à sièges de cuir noir et volant en bois, mais là, ce serait Peugeot ou Renault. Ou Citroën. J'ai finalement pris une Peugeot, rouge vif, 72 000 kilomètres au compteur mais de première main, boîte manuelle, le vendeur se portait garant, une excellente affaire, l'ancien propriétaire était soigneux, très soigneux, je ne le regretterais pas, et de toute façon ils assurent les réparations, garantie de trois ans, les pneus ont été changés, les suspensions sont comme neuves, c'est juste que les modèles ont beaucoup évolué. Je lui ai donné mon passeport, j'ai précisé que j'étais pressé, une urgence, pour aller dans un endroit où nul train n'arrive, et je me trouvais quand même assez loin de chez moi. Il m'a regardé d'un air étonné, ou soupçonneux, je pourrais en disposer en fin d'après-midi vers 17 heures mais je devrais repasser la semaine suivante, pour la carte grise définitive. J'ai hoché la tête. « Pas de problème, je serai de retour dans la région, je pense lundi soir, je passerai à tout hasard. » « Ce serait mieux mardi, ou même mercredi. » L'affaire était entendue. Il a regardé le passeport. « Ah ! vous êtes suisse. Antoine Rouge, c'est pour ça, la couleur ? » « Non, pas du tout. C'est à cause de la roulette. Rouge ou noir. Pair, impair. Et Stendhal. » Il n'a rien compris, a tenté de sourire, et m'a tendu la main. « À tout à l'heure. »

2

Quand je suis revenu avec ma petite valise gris anthracite à roulettes et un sac en bandoulière, le garagiste a secoué la tête et m'a dit : « Je pensais que vous plaisantiez avec l'urgence, mais vous partez vraiment ! » Les démarches administratives avaient été un peu plus compliquées que prévu, du fait que je n'apparaissais pas sur le fichier national. « Vous n'avez jamais possédé de voiture ? » « Non, j'utilisais celle de ma mère, pendant longtemps, et ensuite j'en empruntais à des amis. C'est lourd, dans un budget. Et comme j'ai longtemps habité dans de grandes villes, je n'en avais pas vraiment besoin. » En tout cas, c'était réglé. J'avais bien pris une assurance ? Je l'ai tranquillisé, la compagnie m'avait envoyé une autorisation provisoire, tout était conforme. Il pouvait dormir sur ses deux oreilles. J'ai toujours aimé cette expression. Je crois qu'enfant, j'ai dû essayer une ou deux fois de dormir sur mes deux oreilles.

Toutes les conditions étaient désormais réunies pour disparaître. Camille m'échappait, me mettait à distance, j'avais l'impression de devenir une routine, ou pire, une corvée. Il me fallait un sas d'absence, pour réfléchir. Pour comprendre ce que je faisais avec elle, pour mesurer mon attachement. Cela faisait un certain temps que j'éprouvais une envie fugace de me retirer du monde, de devenir injoignable, complètement injoignable, dans une solitude presque clandestine. Avec Anne déjà j'avais parfois ce fantasme de solitude, d'isolement. Plus de téléphone, nulle trace par laquelle me retrouver. Comment avais-je fini dans la spéculation financière puis dans l'immobilier, après autant d'années d'études littéraires, c'est une question qui revenait avec insistance et finissait parfois par me tarauder.

J'ai dégoté une chambre dans un motel, à l'entrée du parc régional de la Sainte-Baume, dans l'idée de m'aventurer à pied. En route, j'avais fait provision de quelques médicaments de base, Doliprane, collyre, baume du tigre, emplâtre américain, décontractant musculaire, désinfectant, sparadrap, et des ciseaux à ongles, de la gaze, des pansements, une crème pour les brûlures solaires, et une grande trousse pour tout tenir dedans. J'ai abandonné l'ambition de me raser, mais j'ai acheté plusieurs flacons de déodorant hypoallergénique. Dans la foulée, j'ai choisi quelques nouveaux vêtements, simples, des t-shirts, deux pulls, et des chaussures de randonnée. Ainsi qu'un sac de couchage, et une tente. Au moyen de ciseaux, j'ai ensuite soigneusement découpé ma carte bancaire, en vingt morceaux plus ou moins égaux, ma carte de fidélité des Galeries Lafayette, celle du BHV, et ma carte Vitale renouvelée en début d'année. Je n'en avais plus besoin.

3

La propriétaire du motel a d'abord renâclé, mais en fin de compte il n'y avait pas de problème pour la voiture, je pouvais la laisser aussi longtemps que je voulais dans le préau qui tient lieu de parking, elle serait sous bonne garde. Elle a même proposé de me prêter une carte de la réserve naturelle, « on se perd facilement au milieu des bois », mais je n'en ai pas voulu et j'ai marché une longue journée, sans aucun repère, au hasard des chemins. J'étais fourbu. La tente a été facile à monter, ça s'est réalisé tout seul, comme par enchantement, les tubes intérieurs se sont dressés automatiquement, et j'ai pu me mettre à l'abri pour passer une nuit parfaite, d'un profond sommeil. Je me suis souvenu de mon adolescence, quand je partais sur les routes avec mon frère aîné, en auto-stop, il fallait planter des sardines, bien tendre la toile autour de quelques tubes qui fléchaient, nous avions fait halte un soir de pluie, non loin d'un lac, en surplomb d'une route très fréquentée, la nuit était déjà bien épaisse, il tombait des cordes, et je n'y arrivais pas, tout s'emmêlait, les sardines ne tenaient pas dans le sol, et bientôt nous avions renoncé à la perfection, ça tenait à peu près debout, il y avait une ou deux fuites, mais nous avions fini par réussir à dormir, et le lendemain le ciel était tout bleu à notre réveil, avec une agréable chaleur d'été.

En ouvrant les yeux, aveuglé par les rayons de soleil qui filtraient à travers le tissu, j'ai retrouvé pour quelques secondes l'esprit de ce temps-là, quand les journées étaient de grandes pages vierges que se disputaient les sorties avec les copains ou copines, les heures à la piscine, ou en vélo, ou des promenades en forêt, à construire une cabane, ou des après-midi dans la pénombre d'une pièce à fumer des joints et à écouter de la musique, la vie semblait s'ouvrir sur un grand champ de liberté, de défoulement, mais il y avait en même temps une peur, une inquiétude plutôt, devant le moment qui arriverait où on devrait entrer dans la vie active, l'emploi, une carrière, ou une profession, ou un simple gagne-pain – mais en attendant, j'étais habité par cette soif de découvrir, de jouir des mille possibilités de chaque instant, de n'avoir aucune contrainte ou presque, aucun horaire en dehors des repas, simplement le défilé des minutes, et les carrefours devant soi, la découverte d'horizons nouveaux.

À l'époque, je croyais avoir déjà été amoureux, vers douze ans, d'une jeune fille souriante, aux longs cheveux blonds rectilignes, nous nous tenions par la main, nous écoutions avec des soupirs les tubes du moment, mais quand j'ai vraiment découvert l'amour, je me suis rendu compte que c'était tout à fait différent, une chose totale, absolue, qui efface tout le reste et vous consume. C'était une fille plus jeune que moi, d'un an, elle était timorée et restait en retrait, nous nous croisions régulièrement, sans plus, et un jour, tout à coup, j'ai surpris son regard fixé sur moi. J'ai commencé à l'écouter attentivement, à l'observer, ses gestes, ses attitudes, sa coupe de cheveux un peu atemporelle, mi-longs, et au bout de quelques jours, je ne voyais plus qu'elle, je ne pensais qu'à elle, avec le sentiment de me trouver au pied d'un sommet alpin, sans piolet, sans pitons. Ce fut finalement assez simple. Elle laissait traîner sa main sur une table, nos peaux s'effleuraient. Et par une fin d'après-midi d'hiver, la veille de son départ pour les vacances de Noël, il faisait un froid glacial, j'avais vaincu ma timidité, ou plutôt je m'étais laissé emporter par un mouvement qui me dépassait, tout à coup je sentais ses lèvres sur mes lèvres, sa langue glissant sur la mienne, un baiser de quelques secondes, déjà elle partait, poussait la porte de la grille du jardin puis celle du bâtiment, je ne la reverrais pas avant janvier mais le monde n'était plus le même. En moins d'une minute, tout avait basculé.

Ce temps des premières fois revient s'agiter dans ma tête, au réveil, dans l'aube fraîche. Je m'extirpe de la tente, attrape mes tennis, m'étire, l'herbe est couverte de rosée, les oiseaux chantent, et je n'ai rien à faire, pas d'agenda mental, pas d'agenda tout court, une pleine journée à inventer. Même l'argent que je porte sur moi, une somme conséquente que j'ai à nouveau répartie en petites enveloppes, m'est indifférent, car je saurais tout aussi bien m'en passer. J'aspire simplement à retrouver la débrouille de mon adolescence, quand je savais vivre de peu, et me nourrir de la nature. Dans des fermes, je pourrai acheter du fromage, du pain. Surtout, je compte sur les baies et les fruits. En me promenant hier soir, j'ai aperçu des buissons avec des mûres, plein de mûres, dont je fais mon petit déjeuner, elles sont parfumées et liquides, mes doigts et ma paume droite sont d'un grenat éclatant et profond, j'ai repensé aux tartes que préparait ma mère. Et plus loin, dans la forêt, je tombe sur des myrtilles, de vraies myrtilles sauvages, petites poches d'une encre savoureuse, d'un bleu presque noir, rien à voir avec les balles de papier gonflées et fades qui ont envahi les marchés. Je regrette que la saison des cerises soit terminée, j'aimais tellement aller à la maraude, dans la nuit étoilée, entre amis, pour déguster des fruits pleins d'une saveur qu'on ne retrouvait pas le jour. Je cohabite harmonieusement avec les abeilles et guêpes, avec toutes sortes d'insectes et de papillons, ma seule crainte demeurant les vipères, il pourrait y en avoir, dans ce paysage de maquis et de roche. Je me confectionne un bâton avec une branche de noisetier assez épaisse et solide, mais souple à son extrémité, et je fouette les gerbes d'herbes dans lesquelles je m'engage, ou les parterres de fougères.

Je poursuis ainsi ma route, par les sentiers forestiers, grisé par les odeurs de résine, de bois. J'aimerais tellement tomber sur des fraises des bois, mais il n'y a pas de coupes de bois récentes, c'est là qu'on les trouve en général, j'ai un souvenir si ébloui de leur saveur, comme une métaphore de la forêt dont elles introduisaient la fraîche odeur humide dans la bouche.

4

Huitième jour de solitude presque totale dans cette réserve essentiellement constituée d'arbres, de forêt. Et un gros doute : où cela me conduit-il ? Parfois je vois passer des ombres dans l'obscurité du soir, par grappes, ou une voiture de police, grands phares allumés, mais les flics ne me prêtent aucune attention, indifférents à ma présence. Pour ne pas perdre tout à fait la boule et préserver ma vivacité d'esprit, je me récite des listes, à voix à peine perceptible. Celle du collège, qui me revient : Cés Au Ti Ca Clau Né Gal O Vi Ves Ti Do, les douze Césars, je fais l'effort de retrouver à quel empereur correspond chaque abréviation, Néron, Galba, Othon, Vitellius, ou alors la liste des musiques que j'écoutais à treize ans, à quatorze ans, ou à vingt ans, ou encore des définitions géométriques, la somme du carré des cathètes est égale à…, ou des vers de poésie, par bribes. Je n'ai rien emporté avec moi, ni livre, ni tablette bien sûr, ni le téléphone portable abandonné depuis longtemps. Je suis seul avec mes souvenirs, mes fragments d'autrefois, et mes cinq sens. Ma boussole la plus sûre est le soleil. À peine la nuit venue, je m'endors sous la tente, et me réveille aux premières lueurs de l'aube. Hier j'ai pu acheter du fromage et des olives dans une bergerie.

5

La petite clairière semblait offrir un cadre parfait pour une nouvelle nuit de sommeil apaisé. En m'endormant, j'ai pensé à Camille, à notre rencontre sous la pluie chaude, à notre première nuit, à notre descente par les routes secondaires vers le Sud, à ce sentiment de respiration, de nouvel élan, mais au milieu de la nuit il y a eu des bruits, des chuchotements, puis quelques minutes plus tard des aboiements. Je suis resté immobile. Ensuite j'ai entrouvert la fermeture Éclair, par le bas. D'autres tentes avaient été dressées. Je distinguais des silhouettes qui disparaissaient dans les bois, les aboiements se rapprochaient, j'ai reçu en plein visage la lumière aveuglante et brutale de lampes torches qui ont poursuivi leur chemin en direction des fuyards, une course dont le bruit de bottes s'est petit à petit estompé. Je ne savais pas quoi faire. Si on venait fouiller ma tente, avec mes liasses de billets et mes trois passeports, j'encourais gros. On allait me prendre pour un passeur, et pire, un passeur qui se faisait du blé, qui exploitait la détresse d'autrui.

Je n'ai pas réussi à me rendormir, trop angoissé, et j'avais le regard embué à l'aube. J'ai replié ma tente, différente des autres, moins grande, plus pratique sans doute, j'ai vérifié que tout était bien rangé dans mon sac, et je suis reparti, à l'instinct, en direction de la voiture, à plusieurs kilomètres, peut-être une douzaine.

Elle était bien là, petite tache rouge éclatante au milieu des arbres desséchés. C'était le début de l'après-midi. La chaleur se faisait accablante. J'ai cherché un point d'eau, en vain. Au motel, j'ai pu boire plusieurs verres de sirop, un délicieux sirop fait maison, et j'ai commandé une salade grecque, rien ne m'avait jamais paru aussi bon que cette assiette bien garnie, fraîche, revigorante. Le pain était cuit au four, un pain de garde, avec une mie dense et souple. La dame de l'accueil m'a reconnu, elle m'a proposé la même chambre, à un prix réduit, je lui ai expliqué que je reprenais la route, sans but fixé. Elle a eu une moue dubitative.

6

Où aller à présent, je n'en avais pas la moindre idée. Il n'était pas encore temps de retourner vers Camille. La distance qu'elle a établie progressivement entre nous m'a fait perdre confiance, et je doute parfois qu'elle ait envie de poursuivre l'aventure avec moi, elle a visiblement d'autres préoccupations dans la tête, et elle s'est peut-être lassée. En rangeant mes affaires dans le coffre de la voiture et en retombant sur les deux livres consacrés à Matisse, j'ai eu envie de partir du côté de Nice ou de Vence. Au fond, j'avais tout mon temps, et rien ne m'obligeait à rien.

À la sortie de Brignoles, une jeune femme faisait de l'auto-stop. J'ai vu le temps ancien de ma jeunesse, et je me suis arrêté, par réflexe. À peine avais-je baissé la vitre qu'une autre fille arrivait, suivie d'un jeune homme. La vieille technique de l'appât. Ils allaient du côté de l'Italie, si je pouvais les rapprocher c'était bon à prendre, ils souffraient beaucoup de la canicule.

Les deux filles s'appelaient Mélanie et Juliette, le garçon

Arthur. Ils étaient en master de communication pour elles, de droit pour lui. Au début j'ai mis de la musique, une sorte de playlist que j'avais gravée sur un CD il y a bien longtemps, vers 2015, je ne sais plus dans quelles circonstances. Et puis j'ai coupé le son. Juliette s'était endormie, à côté de moi. J'ai engagé la conversation avec l'arrière. Ils poursuivaient un long tour dans le Sud, au gré du hasard, et dormaient le plus souvent à la belle étoile, même s'ils avaient des tentes, deux tentes ont-ils précisé, ou chez des gens qu'ils rencontraient. « Les Français sont plus accueillants qu'on ne le dit » a ajouté Mélanie. J'ai eu envie de lui rétorquer « ça dépend pour qui », mais la journée était belle et douce, l'air entrait par les vitres baissées, faisant voleter la longue chevelure blonde de Juliette, j'ai proposé de faire une halte pour boire un verre, ils étaient chauds, c'était leur expression, « ah ouais, on est chauds ». Juliette s'est réveillée, un peu bougonne.

On a pris chacun un demi, avec des chips. On parlait des endroits qu'ils avaient vus, et Mélanie m'a tout à coup demandé : « Vous êtes pressé ? » Je lui ai répondu que non, et leur ai proposé de se tutoyer, ce serait plus simple. Elle avait entendu parler des chutes du Caramy, pas très loin d'où nous étions, plus au nord, ce serait cool d'y passer la nuit. J'ai pensé à tout l'argent liquide que je trimballais, à mes faux passeports, et j'ai eu peur quelques secondes, mais je me suis bientôt repris, c'était ridicule de vouloir tout larguer pour être rattrapé ainsi par la peur, ils pouvaient aussi me tuer, m'assassiner, en pleine nuit, c'était affaire de confiance. « Allez », j'ai dit. Il était près de 15 heures. On a pris la route de Vins, je croyais « des Vins » mais c'était de Vins, un petit bled qui donnait son nom à un lac de dimension moyenne où nous avons fait halte, juste quelques minutes, pour prendre de la fraîcheur. Nous avons bien ri en faisant cabine pour nous changer, un plongeon, quelques brasses, et retour au sec. On chantonnait avec Juliette, tandis que Mélanie et Arthur s'embrassaient sur la banquette arrière, et nous sommes arrivés en fin d'après-midi au lac de Carcès. Tout le monde avait faim. On a décidé de s'arrêter dans une guinguette, et ensuite on a trouvé un endroit où planter les tentes et passer la nuit, légèrement en surplomb de la rive sud du lac. L'obscurité est tombée d'un coup. Je me suis endormi, mais assez vite j'ai été réveillé par les gémissements d'Arthur et Mélanie. J'ai pensé à Juliette, qui se sentait probablement seule dans l'autre tente plus petite. Et j'ai pensé à Camille. Il valait mieux chasser son image de ma tête.

7

Le soleil caniculaire tapait déjà fort quand on a gravi le chemin de quelques centaines de mètres qui conduisait aux chutes de Caramy, et tout de suite on s'est jetés dans le bassin, assez vaste, en sous-vêtements. Il n'y avait personne d'autre que nous, l'eau était limpide et d'une fraîcheur miraculeuse. J'avais l'impression que le temps s'arrêtait, que le monde faisait sens, je retrouvais l'envie de nager, de plonger. Arthur et Juliette se giclaient joyeusement. J'ai vu Mélanie sortir de l'eau et se diriger à pas prudents sur un sentier qui montait entre les très hauts arbres, les fougères et les rochers, sa petite culotte ruisselait derrière elle, il n'y avait pas un gramme de vent, et le chant des oiseaux produisait un concert subtil. Je n'ai jamais su identifier le chant des oiseaux, à part celui du merle, alors que ma mère, elle, connaissait chacun d'entre eux, dans son jardin, elle les repérait avec un petit sourire enchanté. Les oiseaux étaient sa passion, elle leur avait organisé une petite piscine avec un vieil évier en pierre taillée, et elle veillait toujours à ce qu'ils aient à manger en hiver, des boules grasses ou des graines ou des miettes de pain.

Quand je suis sorti de l'eau, j'ai vu Arthur et Juliette s'embrasser langoureusement, elle lui entourait la nuque de ses bras serrés, leurs cheveux se mêlaient, ils étaient beaux dans la lumière oblique, hachurée de rayons poudreux comme une poussière céleste.

Je me suis rappelé qu'il y avait plusieurs autres bassins en amont, et que Mélanie s'y était probablement rendue, pour plus de fraîcheur encore. J'entendais le bruit tourbillonnant des cascades successives, et tout à coup je suis arrivé à la hauteur d'une nappe d'eau, plus petite. Mélanie était assise, à trois ou quatre mètres, toute nue, avec son slip et son soutien-gorge à côté d'elle, comme mis à sécher. Elle m'a regardé et m'a dit avec un sourire, « tu as envie de moi », je n'aurais pas su dire si c'était une question, ou un constat, elle a ouvert ses jambes, je découvrais son abondante toison blonde, j'avais déjà été frappé la veille par ses aisselles poilues qui perlaient de sueur, et là, elle s'offrait dans sa beauté naturelle, je lui ai répondu d'une voix presque étranglée, « oui, mais non ». J'ai moi aussi enlevé mon slip, je sentais ma queue qui commençait à durcir, j'ai plongé dans l'eau, elle était encore nettement plus fraîche que dans le bassin inférieur.

On a regardé la carte. L'idée était de passer par des petites routes, ou en tout cas d'éviter l'autoroute. Et quand Juliette a vu Cotignac, elle a dit, « j'adore ! c'est tellement joli comme nom », on est donc partis pour Cotignac, on y déjeunerait agréablement. Arthur et Juliette se bécotaient à l'arrière, Mélanie faisait une drôle de moue, j'observais ses jambes fines dont le bronzage faisait ressortir le léger duvet, elle avait remis sa robe mais pas sa culotte, je le savais, je ne comprenais décidément pas grand-chose à leurs affaires, à leurs relations. J'ai pensé à Camille, j'ai pensé que j'étais amoureux d'elle, et j'étais un peu triste d'en être séparé, malgré le regain de vie autour de moi.

Le village était joli, compact, ancien, avec une sorte de ruine antique, un amphithéâtre qui accueillait un festival de cinéma en plein air dont c'était l'avant-dernier jour. On s'est assis à une terrasse, à l'ombre, mais on transpirait quand même. Les pizzas étaient délicieuses, accompagnées d'une citronnade bien fraîche. Juliette a demandé s'il y avait un lieu où se baigner, elle avait pris goût à la sensation de l'eau froide et revigorante. La cascade de la Cassole se trouvait à quelques minutes à pied, et à peine arrivés, Juliette enlevait son peu d'habits et se jetait dans l'eau, nue, aussitôt suivie par Arthur, à poil, j'hésitais, je n'ai jamais aimé me baigner en sortant de table, surtout dans cette nappe émeraude visiblement bien froide. Mélanie m'a fait un signe de la tête, pour s'éloigner. Elle était un peu gênée. J'ai tourné le regard vers le bassin, et j'ai cru deviner que Juliette et Arthur commençaient de faire l'amour, dans l'opacité de l'eau très minérale. Nous sommes partis vers le sommet de la cascade, nous transpirions à grosses gouttes. Mélanie m'a dit, entre deux souffles, « je ne suis pas jalouse, mais quand même ». Je n'ai rien répondu, j'avais déjà assez de peine à respirer, la pente était raide. Nous nous sommes assis sur un tronc d'arbre, un très gros tronc dont l'écorce piquait les fesses.

– C'est vos affaires, ça ne me regarde pas. Mais finalement, tu es avec Arthur ?

– Je ne suis avec personne. Je n'appartiens à personne.

Elle a fermé les yeux, comme si elle réfléchissait, et elle a repris :

– C'est juste du sexe. On a décidé de faire ce tour tous les trois, on n'avait pas de plans pour l'été, Arthur avait envie de bouger. Il était seul dans sa coloc, il s'emmerdait un peu à Paris, et moi comme Juliette on cherchait l'occasion de se barrer de chez nos parents pour l'été, sinon ça devient lourd. Alors on s'est mis en route, on est très vite arrivés dans le Sud, et bon, la chaleur, l'alcool, on a décidé de faire ça entre nous, sans y mettre de sentiments. J'ai commencé avec Arthur, Juliette a pris le relais, et on l'a fait à trois, pas souvent, c'est pas facile mais j'ai bien aimé, il changeait de capote à tour de rôle, c'était drôle finalement, même si on prend plus difficilement son plaisir. J'ai aussi couché avec Juliette, juste avec elle, ma première expérience avec une fille. J'ai adoré. Et finalement, ça marche. C'est toujours mieux que de se taper un queutard de boîte de nuit. Arthur sait bien s'y prendre, il est plein d'attention.

– Tu n'es pas fâchée, pour ce matin ?

– Fâchée ?

– Tu sais, tu es très belle.

– Alors ?

– Je suis trop vieux pour toi. Je pourrais être ton père.

– Ah le cliché !

– Et j'ai quelqu'un. Mais bon, tes hanches, tes jambes. Tu as des jambes merveilleuses.

– Allez, t'excite pas. On va redescendre, ils ont sûrement fini, l'eau est froide.

8

Tant qu'à faire on est encore allés à Sillans-la-Cascade, on devenait les spécialistes de l'eau, j'adorais le nom, prononcé par Juliette j'ai entendu Silence-la-Cascade, l'eau était vraiment tout à fait émeraude, presque glaciale dans la canicule exacerbée. Les filles étaient magnifiques, pétulantes, et en sortant, j'ai dit, bon, on arrête avec l'eau à présent, cap sur Nice.

Avant toute chose, il fallait de l'essence. Elle vient à manquer, nous avait-on prévenus. Il y avait une longue file d'attente à la station. Et c'était limité à vingt litres. En roulant à l'économie, on avait quelque chance d'arriver à bon port. Nous avons emprunté des départementales, par Draguignan, Fayence, Montauroux, Grasse, en se faisant arrêter à six reprises par des contrôles de police plus ou moins poussés, puis descente sur Cagnes où j'ai bifurqué à gauche pour rejoindre Vence, je voulais voir les vitraux que Matisse y a réalisés vers la fin de sa vie, dans la chapelle du Rosaire qui porte désormais son nom. Seule Mélanie m'a accompagné, elle était enthousiaste, les deux autres sont restés dans la voiture, jamais ils n'entreraient dans une église, ou une chapelle c'est la même chose, « ni dieu ni maître » a dit Arthur en ricanant. Mélanie m'a pris par le bras, elle a posé sa tête sur mon épaule et nous sommes entrés dans le bâtiment. Les fenêtres de verre antique flamboyaient de jaune, de bleu, de vert, tout était lumineux, vif, vivant, mais j'étais déçu, trouvant cela monotone, ou décoratif, la technique semblait avoir entravé la liberté de geste, la fantaisie. Mélanie était curieuse, elle voulait en apprendre davantage. Je lui ai promis de l'emmener le lendemain au musée Matisse, et de lui raconter plein d'anecdotes.

Dans l'immédiat j'étais fatigué de conduire, et j'avais envie d'une bonne chambre. Je leur ai proposé de trouver un endroit où dormir à Vence, je leur offrais le logis. Arthur après un moment de réflexion a dit : « Ok mais on ne prend qu'une chambre. Je veux dire, nous trois, nous ne prenons qu'une chambre, pour limiter les frais. » Juliette avait l'air hésitante, elle a fini par dire : « C'est vrai, ça ne te ferait que deux chambres à payer. » Alors, Mélanie a lancé, avec un sourire malicieux : « Arthur pourrait dormir dans ta chambre, et moi je dors avec Juliette. » On est tombés d'accord sur cette proposition. Et on a tout de suite trouvé une sorte de pension, jolie, pas chère, à côté de la piscine municipale mais il y avait aussi un petit bassin dans le jardin, et des citronniers, plein de citronniers, un fourmillement de taches jaunes sur fond vert qui rappelait les chaudes couleurs de Matisse.

Après une simple assiette de salade niçoise dans un

café du centre historique, nous sommes rentrés nous coucher. La journée avait été longue. Arthur était timide, embarrassé, on a écarté les deux lits, et on a éteint immédiatement, par peur des moustiques. Quand je me suis réveillé au milieu de la nuit pour aller pisser, le lit d'à côté était vide. J'ai entendu Arthur revenir dans la chambre aux premières lueurs de l'aube, il faisait frais, je me suis rendormi facilement.

9

Aux huit coups matinaux du clocher du bourg, je suis tout à fait sorti du sommeil et j'ai profité de l'ordinateur d'Arthur, qui dormait profondément, pour relire des choses sur Matisse. En une heure, je me suis remis plein de dates et de moments de vie dans la tête. Il fallait que Mélanie se fasse une bonne idée de moi. Quand je suis descendu pour le petit déjeuner, elle était déjà installée à une table, entourée de citronniers, elle arborait un sourire éclatant et semblait pleine d'énergie. « Je rentre à Paris ce soir. On passe la journée ensemble ? » J'ai acquiescé. Elle a ajouté : « Les deux. Juste les deux. »

Juliette nous a rejoints au bout de dix minutes, le visage froissé, elle avait mal dormi mais n'en dirait pas plus. Le soleil commençait de taper fort. J'avais envie d'y aller, il a fallu réveiller Arthur, et arrivés à Nice, on s'est séparés. Juliette m'a serré dans ses bras et m'a glissé à l'oreille, « c'était cool, merci », puis elle a hissé son gros sac sur le dos et elle est partie, sans se retourner. Arthur lui a bientôt emboîté le pas. Mélanie m'a pris la main, j'ai démarré en douceur, on a emprunté l'avenue Gambetta puis la voie Pierre-Mathis, « c'est curieux m'a fait observer Mélanie, ça ne s'écrit pas de la même façon », et nous sommes arrivés dans le quartier Cimiez. Je me suis garé sans difficulté. Nous avions du temps devant nous, son train était à dix-huit heures et des poussières.

Je lui ai proposé de prendre un verre dans le Café du Parc, et j'ai commencé à lui raconter des choses sur Matisse, qui a sa tombe juste à côté du musée, et qui avait longtemps vécu à l'hôtel Regina, là-bas, ce grand bâtiment, lui ai-je indiqué en tendant le doigt, mais ce n'était déjà plus un hôtel quand il s'y était installé, tout avait été transformé en appartements, dont le sien qui lui servait aussi d'atelier. Il travaillait parfois de son lit, les médecins ne lui donnaient plus que six mois à vivre en 1939, en raison d'un cancer, mais il allait tenir encore quinze ans. J'observais le regard de Mélanie, oreille tendue, perdue dans ses rêves. En fait, Matisse avait une sorte de gouvernante-secrétaire qui lui tenait lieu de modèle, Lydia, venue de Sibérie et dont on pouvait imaginer qu'elle trouvait toute la chaleur possible auprès du maître, c'était du moins l'avis de l'épouse qui fit tout pour l'évacuer avant de quitter son mari pour rejoindre, quelques mois plus tard, un réseau de résistance, comme sa fille Marguerite – pas sa fille à elle en vérité – qui se fit arrêter, fut envoyée en convoi vers l'Allemagne, débarquée du train à Belfort, gardée quelques jours là-bas, dans un fort, à subir la torture, pour en ressortir défigurée, s'évader, être recueillie par la famille d'un autre artiste résistant, Léon Delarbre, par la suite déporté à Auschwitz d'où il revint avec quelques dessins réalisés sur place et soigneusement conservés lors de transferts d'un camp à l'autre. Puis Marguerite continua sa vie, pour devenir une spécialiste de son père et de son œuvre, et faire œuvre elle-même.

J'ai évoqué à Mélanie quelques tableaux qu'on ne verrait pas, propriété d'autres musées, le fantastique *Nu rose assis*, de 1935-36, une femme sans visage autre qu'un simple ovale, et plus encore *Katia à la chaise jaune*, de 1951, même tête sans visage, jaune, blanche, à l'intérieur d'un ovale, possible écho à Marguerite qui avait très concrètement perdu la figure. Le rapport de Matisse à l'Histoire est assez mystérieux, comme s'il avait cherché à s'en détourner, à lui refuser son regard. Mais était-il aveugle ? À l'automne 1943, après l'abolition de la zone libre, les nazis installent le siège de la Gestapo à l'hôtel Excelsior Regina, là même où le peintre a son appartement-atelier. Drôle de coexistence, dans cet immense bâtiment sans fin. Il aurait ainsi pu croiser Charlotte Salomon, une jeune peintre de grand talent : en février 1943, celle-ci empoisonne son grand-père qui la possédait sans consentement et sans que personne ne le sache, rencontre quelques semaines plus tard un amant qui devient son mari, ils ont la naïveté, mais est-ce de la naïveté, de s'inscrire dans les registres comme juifs, se font arrêter le 21 septembre de la même année, jour de l'automne, sont interrogés dans les locaux de la Gestapo, transférés à Drancy, déportés à Auschwitz où la jeune artiste qui a aussi un talent d'écriture et se trouve enceinte de cinq mois est envoyée à la chambre à gaz le 10 octobre 1943.

Tout cela tourne dans ma tête comme un tumulte. Cette proximité, ce croisement des destins, le vieux peintre et la jeune artiste, à quelques dizaines de mètres l'un de l'autre. On fait quelques pas avenue Regina, j'évoque à Mélanie le siège de la Gestapo, je lui susurre le nom de Charlotte Salomon, cela doit lui sembler si éloigné, alors que c'est si proche. N'a-t-elle pas perçu l'atmosphère de soupçon et de chasse à l'homme qui s'est installée dans le pays ?

Le musée Matisse est un havre de paix. Je le connais, mais à chaque fois j'éprouve le même plaisir à y pénétrer. Le calme des pièces, la beauté des œuvres. La *Nymphe dans la forêt*, une femme nue, violette, couchée sur le dos, gros seins dressés, et une figure qui semble s'agiter au-dessus d'elle, ou à côté, avec de grands troncs blancs, de la verdure, du jaune, du bleu aussi qui pourrait être une rivière, je repense à Mélanie à côté du bassin, à la lumière à travers les branches, à la beauté de son corps, de son buisson fendu, je secoue la tête, et tout à coup, c'est le saisissement. Un petit tableau de pas même un mètre de haut figurant un corps féminin nu, ou pas tout à fait, la femme porte une robe sur les épaules, qu'elle a entièrement ouverte sur le devant, on distingue trois perles bleues à son cou, elle a de petits seins, un ventre rebondi, derrière elle se trouvent des philodendrons, il y en avait dans l'appartement de mes parents. Mélanie se rapproche de moi, je passe mon bras sur son épaule, elle pose sa tête et ses cheveux chauds contre mon cou, nous ne disons rien, nous regardons le petit tableau, longuement, je sens une goutte sur ma poitrine, elle verse quelques larmes, c'est l'émotion, c'est la beauté.

Devant la gare, où je me suis garé comme je pouvais en double file, dans la chaleur encore bien nette et la lumière coupante d'une fin d'après-midi d'août, elle embrasse son index et son majeur, qu'elle pose délicatement sur mes lèvres, elle chuchote « merci », en plissant les yeux, et elle part, déjà les flics sifflent pour me donner l'ordre de déguerpir, avec des gestes menaçants. Mélanie se retourne, et elle me lance : « Tu vas la rendre heureuse. »

10

Ces dernières journées avec les trois jeunes avaient produit beaucoup trop de traces, il fallait les effacer, les disperser, les évaporer dans l'air liquide du temps. J'ai laissé la voiture sur une place de stationnement gratuite d'un petit village non loin de Mougins, j'ai pris la tente, quelques victuailles, et je suis reparti par les chemins et sentiers, profitant de quelques sources et rivières pour me rafraîchir et me laver. Aucun signe laissé derrière moi. Je n'ai croisé personne, me cachant dans les sous-bois dès que j'entendais ou apercevais quelqu'un de loin, des chasseurs sans fusil, des déserteurs sans cause. Ou, la nuit, des passeurs et leurs proies ou leurs protégés. Un ballet de lampes torches voilées d'un tissu, ou de téléphones portables éclairants. Il se dit que certains le font gratuitement, malgré les lourdes peines encourues. D'autres encaissent grassement et abandonnent leurs clients dans des territoires inconnus, pentus, parsemés d'anfractuosités où l'on peut disparaître à jamais. La pierre est friable dans la région, et qui prendrait le risque de venir secourir un réfugié perdu au fond d'un trou, pour se faire ensuite arrêter pour complicité ou trafic d'êtres humains ? Les lois sont toujours à l'avantage de ceux qui les rédigent. Et il a beaucoup été rédigé de lois ces dernières années.

Au bout de six jours de cette nouvelle tentative d'errance dans les bois, d'isolement total, je devais me faire une raison : la solitude n'était pas mon fort. Surtout, Camille était au cœur de mes pensées, en permanence, et de plus en plus. J'avais été un pauvre idiot de m'éloigner d'elle, de vouloir me tester. Toujours ces prises de tête, qu'Anne m'avait reprochées à plusieurs reprises et dès le début de notre histoire en fin de compte. « Tu te noies dans un verre d'eau », c'était son expression favorite. Quand je suis revenu à la voiture, elle n'était plus là. On l'avait embarquée. Le policier de faction au commissariat était gêné, puis il a rigolé : « Il y a les fêtes votives, on dégage tout pour la circonstance, mais vous n'aurez rien à payer. Cela dit, ce n'est pas vraiment conseillé d'abandonner sa voiture pendant autant de jours, il se passe tellement de choses. » J'ai dû montrer mon passeport, mon permis de conduire, du monsieur Rouge par-ci, du Antoine Rouge par-là, c'était cramé sous ce nom dans la région, mieux valait revenir à mon identité initiale de Bloch-Laroche, et croiser parfois avec celle de Pierre Glaser, qui n'a toutefois pas de permis.

Je vais renouveler l'opération, mais à l'envers : vendre la voiture d'Antoine Rouge, et en acheter une autre, à mon nom. Une voiture anthracite, pour être discret dans la nuit.

L'étranger est une occasion (proverbe suisse) III :

Les Bourbakis

Alexandre Laroche le sait, à la tête de son bataillon, et tous le savent, à l'avant comme à l'arrière : c'est le combat de la dernière chance. Cette guerre, dont tout le monde voulait, qui déchaînait les enthousiasmes à Paris et partout dans le pays, se révèle être un désastre. Pour de multiples raisons. Nombre d'hommes globalement inférieur, d'un tiers au moins, désorganisation et manque de maîtrise, de coordination. On compte encore sur la cavalerie, mais en face, le nouveau credo consiste à miser sur l'artillerie, en particulier l'artillerie lourde. Les généraux du nouvel Empire n'ont plus la trempe des maréchaux du début du siècle, et Napoléon III, grand fomenteur du conflit, s'est fait balader par Bismarck, il a capitulé à Sedan le 2 septembre dernier. Les informations arrivent par voie de presse, et plus encore par bouche à oreille. Metz, Sedan, capitulations. Paris assiégé. La République rétablie. L'hiver est là. Malgré une météo exécrable, le gouvernement missionne l'armée de l'Est pour tenter de prendre l'ennemi par l'arrière, de couper son approvisionnement. Jura, Franche-Comté, Alsace, terres du dernier espoir. Arrive le général Bourbaki, descendu d'un train à Besançon il y a quelques jours. C'est la froidure, une sale froidure de janvier, dans l'Est venteux.

Il faut y croire. Aller libérer Belfort, dont la forteresse et la ville sont tenues héroïquement par Denfert-Rochereau. Et c'est parti. Alexandre Laroche note la date, au petit matin : 9 janvier 1871, dans le petit carnet qu'il tient dans la poche droite de son pantalon, depuis des semaines. Le feu, enfin ! Les Prussiens se lancent, prennent d'assaut le village de Villersexel et s'emparent du château, mais le général passe à la contre-offensive dans l'après-midi, reprend le bourg, les combats sont au corps à corps, jusque dans la nuit quand l'ennemi se retire. On penserait les poursuivre, leur filer aux fesses, mais non. Pause. On reste là, pendant trois jours. Incompréhensible aux yeux des soldats et d'Alexandre. Celui-ci en profite certes pour soigner ses pieds, ses mains, donner du fourrage à son cheval. Mais ce temps perdu est inexplicable. Chacun s'interroge. Avoir pris l'avantage et rester sur place, c'est à n'y rien comprendre. Enfin, le 12 janvier, on se met en ordre de marche. Cent quarante mille hommes, un peu moins peut-être, il y a eu des pertes dans la victoire, comme toujours. Il continue de neiger. Les routes et les chemins sont difficiles, les canons s'enlisent, et on ne dispose pas de fers à glace pour les chevaux, qui vivent un enfer. C'est bien pire pour les fantassins, aux pieds engourdis sinon gelés, et que dire des zouaves, si braves pourtant, dont la tenue orientale et élégante n'est en rien adaptée au rude climat. Leur veste boléro est une féerie, avec les ornements floraux, et leur pantalon bouffant une bouffonnade garance à laquelle fait écho la chéchia de feutre rouge, pas très discrète pour s'abriter des balles. Mais le long ruban des tuniques bleues avec pantalon et képi rougeoyants qui s'étend jusqu'à l'horizon redonne de la fierté, les couleurs se dégagent avec force sur le manteau blanc des petites vallées enneigées, ourlées de forêts aux sombres sapins, et bientôt, l'obstacle est là. Les forces ennemies se sont concentrées le long d'un cours d'eau, la Lizaine, entre les faubourgs de Montbéliard et le village d'Héricourt. Leur position est renforcée par le remblai de la ligne ferroviaire, qu'on devine derrière la rivière. On entendait dire au début qu'elles étaient moins nombreuses. Même pas la moitié de notre troupe. Mais elles sont disciplinées, organisées. Leur commandement est aguerri par des conflits récents, dont l'Autriche mise au pas. Et rien n'interdit que des renforts soient arrivés, après les victoires obtenues ailleurs.

À l'aube du 15 janvier 1871, sous la neige et dans un froid plus piquant que jamais, moins vingt degrés, le bataillon de Laroche comme tout le reste de l'armée de l'Est passe à l'attaque, frontale sur près de vingt kilomètres de large, une folie, tout en essayant de contourner la ligne de défense. Celle-ci tient bon, elle est plus étendue que prévu. On stagne. La situation est équilibrée. Les morts s'amoncellent. Trois jours de combats féroces, et trois nuits de mauvais sommeil. Une classique guerre de position. On s'en fait une raison. Pourtant, le 17 janvier en fin de journée, selon des mécanismes d'analyse toujours aussi incompréhensibles, le général Bourbaki, surestimant peut-être l'adversaire, ou effrayé par ses propres pertes, décide de reculer. Ordre est donné de rebrousser chemin. On glisse sur la neige piétinée, à l'envers. On s'enlise dans les chemins bourbeux. Les hommes grommellent, entre soulagement (le feu s'éloigne) et remords (on était sur le point de les avoir). La retraite dans ce paysage hivernal prend des allures de Moskowa. Un empire fantoche en rappelle un autre. Toujours la même Berezina, dans le décor des Vosges à la ligne plus blanche que bleue de ce janvier givré. Le monde est bel et bien givré. Bourbaki le premier. Mais lui, Laroche, il pense à sa douce, dernière en date, demeurée à Besançon. Angèle. La boulangère Angèle. Peut-être la retrouvera-t-il, pour quelques jours, quelques heures. Sa toison à foison, qui l'emporte dans une vague de désir sur l'écume de ses mâtures. Cette broussaille blonde et chaude où oublier l'hiver, la neige, les engelures. Cette broussaille où retrouver les anges, les vrais anges, ceux de l'envol, ceux des joies liquides.

Il y aurait bien l'autre solution. La Suisse, dont la frontière est si peu éloignée. Même si la rumeur rapporte une condensation de soldats appelés par milliers pour assurer la neutralité du territoire, plusieurs régiments rameutés pour préserver la riante Ajoie qui rit jaune dans la jaune Porrentruy. On s'en approche d'ailleurs. C'est d'abord Croix. La population est atterrée et commence de fuir. Une femme portant ses deux petits garçons dans ses bras s'enlise dans la neige, tombe, Laroche descend de cheval, court vers elle pour l'aider à se relever, chevaleresque comme à son habitude, elle lui sourit, « Garance, Garance Bloch, le père des petits est sans doute parmi vous », et elle poursuit son chemin vers un possible abri contre les folies des armées et de leurs soldats galvanisés. Ce nom lui résonne comme un éclat de balle dans la tête. Le panneau face à lui le laisse rêveur, « Le Paradis ». Il secoue la tête. Mais il n'a pas rêvé : « Le Paradis », une imposante exploitation agricole qui se détache dans le ciel gris de Suisse. La jeune femme et ses deux bambins ont rejoint le corps de ferme. Pour Laroche, c'est bientôt Abbévillers, puis la longue et chaotique route jusqu'à Pontarlier, toujours le long de la frontière où l'on devine de loin en loin des forces de douane et surtout militaires chargées de préserver l'intégrité du terri-

toire. Deux grosses armées, dont la sienne encore forte de plus de 80 000 hommes glissent ainsi dans la nuit, face à face, puis à la clarté de l'aube vacillante, puis au grand jour, et à nouveau la nuit. L'armée allemande du Sud a effectué sa jonction, l'ennemi est aux trousses, sa force est doublée, peut-être triplée, il faut presser le pas, ce pas chancelant des soldats affamés, congelés, hirsutes. Le général Bourbaki a tenté de se suicider, il a raté son coup, Clinchant le remplace, arrive dans la matinée à Pontarlier. On gagne alors La Cluse, position favorable pour ralentir le poursuivant, l'immobiliser même, le temps de partir négocier l'internement de tout ce qu'il reste de cette armée de bric et de broc, à quelques kilomètres de là, au lieu-dit Les Verrières. Alexandre Laroche fait partie du détachement, bien que n'étant pas cuirassier, ni membre de l'état-major. Les hasards du moment, de la désorganisation.

C'est le milieu de la nuit. Il faut aller vite. Une demande est adressée au général suisse, un certain Herzog. L'estafette part dans les ténèbres, revient une heure plus tard avec l'accord écrit du général et ses conditions, le désarmement complet de chaque soldat, chaque officier aussi, ça fait tiquer, des gradés sans épée, mais il n'y a pas à tergiverser. Il est 5 heures, les premiers groupes franchissent la frontière après avoir déposé leurs armes et leur barda, ce volumineux barda qu'ils ont transporté sur leur dos depuis des jours et des nuits de marche forcée et pendant tout le temps des combats. Certains tombent à terre, dans la neige, d'épuisement.

Près de 12 000 chevaux, 285 canons, 64 000 fusils, 6 000 sabres. Et les munitions. Des amoncellements sans fin, au bord des routes et chemins, sous un pâle soleil d'hiver.

En face, 12 000 soldats fédéraux pour essayer d'organiser la débandade et répartir les contingents. Chaque canton a mission d'accueil. Vingt mille internés iront à Berne, 11 000 à Zurich, mais 1 500 seulement à Bâle, alors que 8 000 en Argovie, autant en Vaud, et plus étonnamment aussi à Saint-Gall, à l'autre extrémité du pays. C'est une lourde organisation, et non moins lourde charge, puisqu'il faut trouver la nourriture, le logis, les vêtements d'urgence. Après un premier effroi (que faire de tant de monde ?), on sympathise, on fête, surtout avec les tirailleurs algériens, touche d'étrangeté et de chaleur, les Français étant quant à eux plus mélancoliques. Des couples s'improvisent et s'accouplent, chez les soldats c'est l'effervescence qui suit le flirt avec la mort, on se sent plus vivant, on se sent des ailes, il en résultera des enfants, de père inconnu, ou connu de façon si brève, si éphémère. Dans un premier temps, Laroche est cantonné à Bière, et à ses oreilles, ça sonne plus sapin que houblon. Angèle est désormais un souvenir plus qu'un projet. Il est jeune. On leur a bien dit d'être discrets, de ne pas attirer l'attention afin d'éviter tout conflit ou toute hostilité de la population, mais le soir, il fait sombre, les bords du lac invitent aux secrets partagés, c'est l'amollissement du printemps, la chair n'est pas triste. On l'a déplacé à Morges, où avait vécu brièvement son grand-père se souvient-il, son cheval est crevé, les filles sont belles, et tout à coup, un jour de soleil, survient une explosion énorme qui éventre le château où se trouve l'arsenal, c'est un feu d'artifice de plusieurs jours, incessant, qui étoile la riviera et panique la population. Toutes les vitres de la ville ont éclaté, et des morts sont à compter, dont une trentaine de soldats français ou presque qu'on suppose responsables de l'accident, par mégarde ou mauvaise intention. Le moment est venu de tirer sa révérence. Laroche vient embrasser une dernière fois Adèle, la belle et jeune Adèle, blonde, fine, quelque peu hautaine, il aime son parfum des champs, son parfum d'herbe et d'eau, d'herbe mouillée... Encore un détour pour prévenir son ami zouave, « tu t'imagines, s'appeler Blanchard et être zouave », lui avait-il dit en éclatant de rire au moment où ils faisaient connaissance. C'est un bon gars, simple, sincère, courageux, un peu résigné, les temps ne sont plus aux héros, il lui a expliqué longuement la veste boléro, ses décorations, les deux fleurs, l'une sur chaque pan, et le tombô, il lui a fait répéter plusieurs fois, « pas le tombeau, non, le tombô », sorte de fausse poche figurant elle aussi sur chaque pan et dont la couleur, rouge, blanc, jonquille, désigne le régiment d'appartenance, lui c'est jonquille, 2e régiment, celui qui a le plus combattu, à Metz, à Sedan, et à Héricourt à ses côtés. « Quand même, c'est une chance de n'avoir pas succombé. » Et dans un nouveau rire qui montre ses dents ravagées, il lui fait un geste militaire de la main : « Salut, Laroche. Et n'oublie pas : Laroche n'est pas de pierre ! » Lui pense secrètement dans sa tête : « Je ne suis pas de pierre, mais je fais Bloch. » Ils se donnent l'accolade de ceux qui ne se reverront pas.

La route traverse l'été des récoltes, de beaux champs de blé et de seigle, de colza aussi. Laroche fend le Gros-de-Vaud, longe le lac de Neuchâtel, contourne Bienne, puis c'est le sinueux Jura, bientôt Buix, Boncourt, et enfin le train à Belfort, suivi d'un long panache de fumée grisâtre. Le voilà à Paris. C'est là qu'il veut faire cette vie qu'il a failli perdre.

Recherche Camille désespérément

1

La vente de la Peugeot rouge une fois réglée, qui est venue gonfler encore un peu plus mon pécule de billets de banque, j'ai fait du stop, à l'embranchement de l'autoroute à la sortie de Nice où le garagiste avait eu la gentillesse de me déposer, avec mes bagages et mon allure de bourgeois en goguette. Plus de trains, plus de route du littoral, plus de route de montagne, seule la grande artère est encore praticable, au prix d'interminables bouchons, mais mon sauveur, très calme au volant, et patient, a finalement réussi à me déposer à l'entrée de Saint-Cyr, sur un rond-point joliment fleuri désormais enseveli sous la poussière de cendres. J'ai voulu lui donner 20 euros, pour la course, mais il a refusé, « le problème ce n'est pas le coût, c'est de trouver de l'essence, la pénurie gagne du terrain, alors autant covoiturer, ça m'a au moins donné bonne conscience ». Les pompiers repartaient au feu, les incendies ont pris comme une traînée de poudre, je n'arrête pas de penser à toutes les âmes errantes que j'entendais ou devinais dans la nuit des forêts, peut-être parties en fumée pour n'avoir pas trouvé d'issue, d'échappatoire.

La plage de la Madrague s'est transformée en un refuge exclusivement réservé aux habitants du littoral. J'y découvre un campement de fortune, avec des familles angoissées, et des barges prêtes à embarquer tout le monde pour évacuation par la mer si besoin.

J'espérais trouver Camille à son poste, sur la plage. Elle n'y était pas. Il n'y a plus de maître-nageur, plus de baignade. Juste la peur. Et les rumeurs. Ce sont les migrants qui auraient mis le feu aux forêts. Par dépit. Ou par défi. Ou par accident, me dis-je, mais personne ne paraît considérer cette hypothèse comme plausible. Il faut toujours des coupables.

J'ai parcouru les petites allées en direction des Lecques et j'ai dû me battre pour atteindre notre appartement, en zone désormais critique. « Juste quelques minutes, pour récupérer des affaires. » Tout était vide, les tiroirs, les armoires, deux abricots finissaient de pourrir à côté de l'évier dans la cuisine. Seule restait la tablette, en évidence sur la table du salon. Camille avait dû partir il y a quelques jours déjà, elle avait aussi débranché le frigo, coupé l'électricité, et fermé à double tour. On était le 26, le terme tombait à la fin du mois. Elle n'aimait pas l'arrière-saison, elle avait de toute façon décidé de partir au 1er septembre, elle n'aura fait qu'anticiper d'une semaine. Comment la retrouver, désormais ? J'avais les larmes aux yeux, un peu à cause de la fumée qui arrivait par bouffées jusqu'ici, et beaucoup par tristesse. Une tristesse désespérée. J'attendais tellement de ce retour, de ces retrouvailles. Trop, probablement. Mélanie m'a mis ça en tête, que j'allais retrouver Camille, que j'allais la rendre heureuse. Et voilà qu'elle s'est évaporée.

2

Je tenais la petite valise bien serrée contre ma jambe gauche, en essayant de ne pas attirer l'attention, puis j'ai extirpé ma tente du sac à dos, et je m'apprêtais à la sortir de son étui quand deux policiers m'ont apostrophé, je n'étais pas de la ville, « certains habitants ne vous connaissent pas, la place est réservée aux autochtones », ils semblaient gênés de me dire cela, mais l'un des deux m'a asséné, brusquement : « Allez, circulez, vous n'avez rien à faire ici. » Je n'ai même pas essayé d'argumenter, des gens à quelques pas me regardaient agressivement, je me suis demandé si les deux flics étaient en train de m'interpeller ou de me protéger. J'ai remis la tente dans le sac et celui-ci sur mon dos, j'ai dit un peu bêtement, « je dois aller dans les braises ? », une femme a haussé la voix, « ce n'était pas le moment de venir en vacances, vous n'aviez qu'à rester chez vous », j'ai secoué la tête. Je m'en foutais un peu de tout cela, j'aurais juste voulu serrer Camille dans mes bras. Comme il se disait que la ligne ferroviaire était rétablie jusqu'à Marseille, et uniquement dans cette direction, j'ai décidé d'aller attendre le prochain train, s'il y en a encore ce soir. La gare est éloignée, sur les hauteurs. Avec la chaleur qui persiste à ces premières heures de la nuit, je vais être en nage.

À Marseille, il m'a semblé qu'il faisait encore plus chaud. J'ai pris une chambre dans un hôtel modeste mais propre du quartier Belzunce, rue du Tapis-Vert. Je suis allé acheter des bières et des asperges en bocal à l'épicerie du coin, et une fois remonté je me suis allongé sur le lit, dégoulinant de transpiration dans la nuit étouffante, je ne bougeais pas, je sentais les gouttes de sueur couler sur mes tempes et le long de mon cou pour arriver sur l'oreiller bientôt trempé, et j'ai fini par m'endormir.

Le lendemain matin, j'ai tiré ma valise et porté mon sac à dos jusqu'à La Caravelle, le bar-restaurant de l'hôtel Bellevue, sur le Vieux-Port. J'aurais dû descendre là, j'y ai pensé trop tard. En tout cas j'allais pouvoir profiter du wifi. J'ai sorti ma tablette. Camille n'a pas laissé de mot dans l'appartement, mais elle est honnête, elle m'a rendu mon appareil, sans être du tout sûre que je reviendrais, elle aurait aussi bien pu l'emporter avec elle. J'ai commandé un croissant, un cappuccino et une orange pressée. La journée s'ouvrait devant moi, sans obligation ni comptes à rendre. J'ai renoué avec le plaisir de lire la presse, je pouvais grossir les articles, passer d'un titre à l'autre. Les incendies se sont déchaînés, des villages entiers et des bouts de ville ont été évacués, les plages ne suffisent plus, on embarque des familles pour les emmener du côté de Perpignan, certains évoquent la Corse. Et l'essence se raréfie.

3

Quand tu as une bagnole banale, les gens t'observent, toi, ta personne, ton visage. Si tu roules dans une magnifique voiture, les gens admirent la voiture, et n'ont aucun regard pour toi. C'est ce que je me suis dit quand je suis allé acheter une nouvelle voiture. J'avais aussi envie de me faire plaisir, sans succomber à la culpabilité, sans obéir à ma mauvaise conscience toujours à l'affût, les gaz à effet de serre, le bilan carbone, Anne en faisait une obsession, et Camille partage probablement ces idées. De plus, je voulais un modèle ancien, dépourvu de tout système de localisation, de toute informatique. J'ai eu une pensée pour mon ami Alain, dont la voiture est une passion violente, ce sont ses mots, une passion impulsive, mais il achète exclusivement du neuf et change fréquemment, très fréquemment. Il s'offre une caisse comme on s'offre une paire de lunettes, ça le prend, un matin, en se promenant devant une vitrine de concessionnaire, et paf, il entre, il s'enthousiasme et il dégaine son portefeuille. Quand je lui avais un jour parlé de mon idée de passer à un modèle hybride, il y a plusieurs années de cela, c'était alors très nouveau sur le marché, je lui avais dit que seul ce type de véhicule me paraissait faire sens si je devais changer mon Alfa Romeo, il avait eu une drôle de moue, entre étonnement et doute, mais deux jours après il m'appelait sur mon portable et me lançait, goguenard et affectueux : « Tu ne sauras jamais d'où je t'appelle. » Il m'appelait, bien sûr, d'une hybride qu'il venait de s'acheter dans la matinée. J'ai toujours aimé en lui ce côté enfantin et joueur. Il insistait : « C'est un de mes seuls vrais plaisirs, je serais bien con de m'en priver. » Lui si intelligent, si cultivé, si sensible, si tourmenté aussi, il avait une passion dévorante, la voiture, et sans doute une ou deux autres sur lesquelles il s'étendait moins.

Le garagiste était un bellâtre dans la cinquantaine, méridional, presque caricatural, et son assistante excessivement blonde ne l'était pas moins. Il exposait des modèles magnifiques, des pièces de collection, je ne souhaitais pas me ruiner pour autant. La Cadillac m'aurait plu, mais elle était blanche. Il y avait une Oldsmobile, rouge. J'ai finalement choisi une Mustang, anthracite à sièges de cuir rouge et pleine de gadgets sur le tableau de bord à l'ancienne. Je lui ai proposé de revenir le lendemain, j'aurais la somme convenue, en cash. Il a eu un sourire, « en cash pas de problème ». Je lui ai demandé combien de litres au 100 elle était supposée consommer, il m'a demandé : « Version fabricant ? », j'ai souri et lui ai répondu : « Laissez tomber. » J'ai repris le bus et me suis installé de nouveau au bar de La Caravelle. L'heure de l'apéritif approchait, la clientèle se faisait plus nombreuse, j'avais pris place à une petite table d'angle, et je tapotais sur l'iPad quand tout à coup je me suis souvenu de la Dropbox. Camille mettait tous ses dossiers dans une Dropbox, dont j'avais un jour, sans vraiment le comprendre, aperçu le mot de passe ou ce que j'avais supposé tel sur un bout de papier, dans sa chambre. « Paradis_sous_terre ». Un drôle de mot de passe, qui m'est tout à coup revenu en tête.

4

C'était bel et bien le mot de passe de la Dropbox, et il était encore valide. Des dossiers s'alignaient les uns en dessous des autres par ordre alphabétique, sur une colonne interminable. Il y avait une kyrielle de documents administratifs, beaucoup de photos et encore plus de captures d'écran, et en écho au code d'accès, un dossier « Paradis » suivi d'un dossier « Purgatoire », je suis remonté dans la colonne alphabétique pour voir s'il y avait « Enfer » mais non, la trilogie était incomplète.

Un double-clic sur « Paradis », et toute une arborescence s'est ouverte. Avec des abréviations assez énigmatiques. AGM. GM. M tout court. Mari AGM. Folie AGM. Camp AGM. Et puis, Vacances 69. Suicide GM, 1974. Croix, Bure. Auberge de l'Europe. Forêts d'Ajoie. J'ai hésité à poursuivre, c'était intrusif, je pénétrais dans l'intimité et les archives de Camille, mais c'était ma seule chance de dénicher un indice pour la retrouver. J'avais l'intuition que ces notes me conduiraient à elle, d'une façon ou d'une autre.

5

Ayant décidé de prolonger mon séjour à Marseille, j'ai choisi une chambre au Bellevue, à un prix tout à fait abordable au regard de la vue proposée sur le Vieux-Port. Avec une grande baie vitrée du sol au plafond. J'ai déplacé le lit pour l'aligner sur l'axe de Notre-Dame-de-la-Garde, dans l'idée que si je me réveillais pendant la nuit, je la trouverais face à moi, majestueuse et humble à la fois, dans l'encadrement de la fenêtre ouverte.

Le fichier Word intitulé « Paradis, 1942 » commençait par ces mots : « Elle avait dix-neuf ans, elle se savait belle. » C'était d'abord une longue liste de noms, de lieux, de dates, et ensuite un texte d'une dizaine de feuillets aérés. J'ai remis la lecture à plus tard, j'étais fatigué. Le sommeil est venu vite, j'étais bercé par le brouhaha léger des passants, et des clients des terrasses. Une notification du *Monde* arrivée sur la tablette parlait de la dégradation de la situation des incendies, qui gagnent encore du terrain et se rapprochent de Marseille à vive allure. La ville risque d'être isolée à brève échéance. On parle d'une évacuation progressive, par quartier, réservée en priorité à la population autochtone, sur présentation d'un passeport et d'un justificatif de domicile. Les autres n'auront visiblement qu'à brûler en enfer.

Je me suis réveillé de bon matin, le Vieux-Port était encore assoupi, seuls les maraîchers et les poissonniers du marché s'activaient à installer leurs stands. J'ai commandé un taxi sans même prendre le petit déjeuner et je suis allé récupérer la Mustang, dans le quartier de la Valentine. Le garage n'ouvrait qu'à 10 heures, et il n'y avait pas le moindre café dans les alentours. J'avais une drôle d'allure, avec ma petite valise et mon sac à dos, en habits de ville plutôt élégants, sur un trottoir désert ou presque, réfléchissant immobile à ce que j'allais faire ensuite de ma journée. L'urgence est de quitter la zone des incendies, me suis-je dit, de retrouver un climat plus calme, les canicules tardives s'enchaînent depuis quelques années. Je vais remonter vers le nord et m'arrêter dès que je serai à l'abri, pour trouver des indices sur ce que Camille cherche, et où elle a pu se rendre.

Le garagiste est enfin arrivé, vers dix heures et quart, une clope à la bouche. Il m'a d'abord proposé un café, mais j'étais pressé, puis il a regardé mes affaires, intrigué, et il a eu cette drôle de formule, « la petite valise du bonheur ». J'ai un peu paniqué, redoutant qu'il ait deviné ce qu'il y avait dedans, tout ce paquet de billets de banque bien emballés, mieux valait couper court. Il m'a donné la carte grise provisoire, je pouvais appeler le numéro figurant sur la carte de visite qu'il tenait pincée entre son index et son majeur, pour indiquer une adresse fixe où la carte grise définitive me serait envoyée. « Vous avez contracté une assurance ? » s'est-il inquiété. Décidément, ils pensent tous à ce détail. « Et comme bonus, je vous ai fait le plein ! »

Tout de suite, je me suis senti bien au volant. Le moteur ronronnait, j'avais baissé les vitres, l'air fouettait mon visage et caressait mes cheveux, le siège de cuir était confortable, je réglais les boutons, c'était déjà la station de péage. J'ai fait une halte pour consulter la carte, afin de mémoriser les distances, et je me suis vraiment mis en route, en dépassant légèrement la vitesse autorisée mais en restant prudent. Je ne voulais pas prendre le risque de me faire arrêter. On peut désormais procéder à des fouilles intégrales, y compris du véhicule. J'avais dans l'idée de pousser jusqu'à Valence et d'y faire étape, j'aurais alors tout le temps d'étudier plus calmement la situation et de programmer la suite.

6

Je ne connaissais de Valence que le restaurant Pic où nous étions venus, une fois, avec Anne, depuis Londres, en avion puis en train, au début de notre histoire, enfin, c'était déjà plus qu'une histoire, disons notre vie commune, ou plutôt une vie hors du commun : elle adorait multiplier les brefs séjours dans des villes d'Europe, y rester quelques heures, ou une nuit grand maximum, avec un but précis, alors elle buvait plus que de coutume, elle était pompette en sortant, ça lui donnait des envies, elle parlait plus fort et devenait inarrêtable.

L'hôtel que j'ai trouvé sans trop chercher donne sur une rue assez bruyante du centre-ville, mais il y a la climatisation, je dormirai fenêtre fermée. La Mustang est bien abritée, dans un parking voisin. C'est l'inconvénient des voitures de collection, on ne peut pas vraiment les garer dans la rue, et la ville est paraît-il assez convulsive en ce moment, on parle de bousculades, de chasse aux migrants, l'été est chaud.

7

En faisant une lecture en diagonale de quelques fichiers ouverts à la suite, j'ai pris note de plusieurs noms qui revenaient de façon presque obsessionnelle, la ferme du Purgatoire, la ferme du Paradis, le village de Croix, le village de Bure, la ville de Porrentruy, ça finissait par constituer un faisceau suffisant d'indices. En poursuivant mes recherches sur la toile, j'ai compris que tout convergeait vers la même région, celle du Jura – que je connais bien par ma famille dans son versant français – et plus particulièrement de l'Ajoie, du côté suisse, à la frontière immédiate. Il est en effet beaucoup question de passages de frontière, dans le document de Camille. Par incuriosité, ou par une méfiance sans fondement, je ne suis jamais de ma vie allé en Suisse.

J'en avais pour cinq heures de route, à en croire le calculateur d'itinéraire. Peut-être six, selon l'encombrement du trafic. Ma décision était prise, il fallait suivre cette piste. C'était la seule. J'avais d'une certaine façon l'impression de revenir chez moi, de renouer avec mes supposées racines. Ou tout près. Un chez-moi lointain. Un chez-moi d'origine diluée, évaporée.

8

Je relis la longue note « Paradis, 1942 », dans le détail.

Barbara, l'arrière-grand-mère de Camille, n'a pas encore vingt ans lorsqu'elle doit quitter sa ville et sa famille, en plein été 1942. Elle s'est engagée dans des activités de résistance, a été repérée. L'étau se resserre. De Montbéliard, on l'exfiltre vers Belfort, où les filières sont mieux organisées parce que l'activité y est nettement plus importante, liée au nœud ferroviaire. Des familles juives débarquent tous les jours par le train. Nombre d'entre elles se font tout de suite arrêter, car elles ne parlent pas français, arrivant de Hollande ou de Belgique et cherchant à s'exprimer dans un mélange de flamand et de yiddish. Les plus avertis ont une adresse à rejoindre, quelques phrases de français en tête, et s'efforcent de ne pas donner le sentiment qu'ils cherchent quelque chose. Ça se passe aux alentours de la gare, il faut être attentif au moindre signe de danger, mais aussi au moindre indice de sollicitation.

Barbara est vive d'esprit, et ne tarde pas à trouver son contact dans le va-et-vient du parvis étroitement surveillé par les soldats allemands et par quelques gendarmes français. Tous deux font mine de se parler, d'avoir beaucoup de choses à se raconter, en gardant un œil autour d'eux, car ils attendent discrètement une famille, le père, la mère, trois bambins, qui doit les rejoindre, et quand tout le monde est enfin là, on se met à marcher d'un bon pas vers les faubourgs, où quatre vélos attendent, avec des sièges d'enfants accrochés à la barre centrale. On pédale vivement, les champs qu'on traverse à perte de vue sont beaux, cultivés, riches, c'est étrange cette opulente beauté dans le désarroi général, comme si quelque chose continuait, malgré tout, et au bout d'une heure on traverse le bourg de Grand-Charmont puis on entre dans Sochaux. La population ouvrière des usines Peugeot crée de l'animation et une bonne couverture. Mais on ne s'arrête pas trop longtemps. On se remet en selle, direction Audincourt, puis Seloncourt, Vandoncourt. On se rapproche de Croix, il faut planquer les vélos dans un taillis, continuer à pied, veiller à ce que les petits ne fassent aucun bruit. Barbara en porte un dans ses bras, il s'endort contre son cou, elle est émue, elle aura des enfants un jour, elle le veut, elle le sent. Le village de Croix est minuscule, mais joli, avec un puits à balancier qu'on admire discrètement, et c'est le moment convenu de se planquer en bordure du petit bois, un coteau qu'il va falloir traverser alors qu'on le sait truffé de mines par les Allemands. D'aucuns y ont déjà laissé leur vie. Ce sera la roulette russe. On attend que la nuit soit bien épaisse, le ciel est voilé, ça facilite l'opération, ni lune ni étoiles, au beau milieu de l'été. Un air doux et chaud s'est levé. On retient son souffle. La montée se déroule sans mauvaise surprise. Sans explosion, sans tir, sans hurlements de chiens, sans surgissement de soldats armés jusqu'aux dents. Trois cents mètres à travers les arbres, et c'est la petite route, à l'extrémité du bois. Barbara retient son souffle. Le guide dit : « La route fait office de frontière, dans quatre mètres vous êtes en Suisse mais les Boches n'ont pas d'états d'âme, ils tirent à vue, vous devez donc courir à toutes jambes jusqu'à la lumière là-bas, c'est une grange, une immense grange, vous y trouverez un premier refuge et quelqu'un vous donnera les indications nécessaires pour la suite. »

La suite, justement, n'est pas très claire.

L'énorme grange de la ferme du Paradis déborde de monde. Des déserteurs, des réfractaires au STO, des Tziganes aussi, et de nombreuses familles juives. C'est l'auberge de l'Europe. Des gens de toutes provenances, qui patientent là, à quelques pas de la frontière, pour être ensuite acheminés vers l'intérieur du pays, en voiture parfois, quand un médecin ou autre notable vient prêter main-forte, ou le plus souvent au prix de longues marches. Il semble que Barbara reparte presque aussitôt à pied, parce qu'il n'y a pas vraiment de place pour elle, et elle est jeune, jolie, affriolante aux yeux de certains. Elle fait peut-être un détour par la ferme du Purgatoire, distante de deux cents mètres, à la capacité d'accueil moindre cependant et saturée elle aussi. Puis elle emprunte la petite route qui mène à Bure. On lui a conseillé de poursuivre jusqu'à Porrentruy, et de s'y faire connaître comme réfugiée, sans rien dire bien sûr de ses activités de résistance. Il fait déjà tout à fait nuit. Quelque chose se passe. On ne sait pas où, ni comment, ni exactement quand. Elle est retrouvée le lendemain, au bord d'un chemin de terre et pierres dans la forêt du Fahy, les jambes ensanglantées, les habits défaits, en état de catatonie. Un paysan l'a aperçue, il a pris peur, est parti chercher de l'aide. Un médecin de Porrentruy arrive, dans une Vauxhall verte, c'est précisé dans le rapport de police. Personne ne connaît cette jeune femme, et bien sûr elle n'a pas de papiers sur elle. La famille du médecin l'héberge pour quelques jours, on l'entoure des meilleurs soins, et de beaucoup de douceur, de bienveillance, mais elle ne sort toujours pas un mot de sa bouche. Seuls ses yeux écarquillés semblent vouloir dire quelque chose, et le plus souvent elle les ferme assez vite dès lors qu'on la regarde. Elle baisse ou tourne la tête.

On finit par l'envoyer dans un institut catholique pour jeunes filles, dans le vieux bourg. Étudier et travailler lui fera peut-être du bien. On s'interroge si elle est juive ou non. Peu importe. Elle est étrangère. Après trois mois, on constate qu'elle est enceinte. Cela complique les choses. Comment en parler aux filles du pensionnat ? On la confine aux travaux de cuisine. Et de jardin, dès le printemps arrivé, des travaux légers, de cueillette, d'arrosage, à l'abri des regards trop curieux Au cinquième mois, alors que son ventre s'arrondit dans la largeur, à tel point qu'on prédit une fille, elle disparaît. Elle se fait la malle. Évaporée.

On retrouve sa trace six ans plus tard, en 1948, à

Paris, où elle mène une vie à peu près normale de mère célibataire jusqu'à ce qu'elle rencontre un nouvel homme, qui va l'épouser en 1950. Elle donne alors naissance à son deuxième bébé, qui sera suivi de trois autres. Ça fait une belle famille de cinq enfants. Elle est devenue bavarde et s'engage à la compagnie du téléphone, comme standardiste, pour brancher les liaisons. Ça l'amuse.

La première de ses cinq enfants, née on ne sait où, probablement en Suisse, s'appelle Juliette. Elle est belle, lumineuse, séduisante malgré un important angiome plan en haut du sein gauche, comme une tache de vin indélébile. On appelle aussi cela une « envie ».

En fin de compte, Barbara paraît avoir gardé un pas trop mauvais souvenir de la région. Elle riait dans ses vieux jours de cette appellation, la ferme du Paradis, et plus encore de sa voisine, la ferme du Purgatoire, comme si l'Enfer n'existait pas. De plus, elle a réussi à obtenir pour Juliette la nationalité helvétique. Ça pourra toujours servir, pense-t-elle dans sa tête.

Et en conclusion du document « AGM, 1942 », cette phrase : « Tout cela selon Juliette. »

9

Un fichier autonome titré « AGM », plus court, porte non plus sur Barbara, mais sur le contexte. L'époque.

Toute la région de l'Ajoie avait connu une intense activité frontalière. Les troupes fédérales surveillaient le territoire, donnaient l'impression de le protéger, même si bien peu des hommes enrôlés devaient s'imaginer pouvoir faire obstacle à l'ogre nazi qui avait envahi la grande France et soumis une bonne partie de l'Europe.

Des solidarités s'organisaient, des réseaux se tissaient. Des dénonciateurs aussi et des serviteurs zélés de l'ordre nouveau voyaient leur vocation assouvie. Parmi eux, un personnage plus mystérieux avait le surnom de « Merle blanc », il était apparemment albinos, à cheveux prématurément blanchis, peau rose et couperosée, des pellicules sur les épaules, les gens en avaient peur, il était expert en double jeu. On espionnait. On guettait. Il fallait de l'ingéniosité pour renouveler les itinéraires, ruser, ménager de faux indices, et parfois compter sur l'indulgence et peut-être une forme de complicité passive de la part des policiers ou douaniers ou militaires.

Dès la fin 1942, l'afflux grossit et le tragique s'intensifie. Les arrestations se multiplient, par les soldats d'occupation, par les traîtres. Des familles entières qu'on fait remonter vers les gares de triage avant de les acheminer dans les camps de la mort. Des choses se racontent, on a peine à y croire tout à fait, pour un peu on porterait ça sur le compte d'une exagération latine, mais la machine de l'extermination est en marche. Se promener dans une rue, franchir une route, aller à travers champs ou bois est un périple sur une corde raide, les funambules tombent, souvent, il n'y a pas de filet.

Camille a visiblement lu beaucoup d'archives, d'études, qu'elle a listées dans le moindre détail. Elle s'intéresse aux camps de réfugiés, dans le Jura bernois, où l'on met les bénéficiaires à la tâche. Sans doute y cherche-t-elle Barbara, mais elle se rend compte qu'à partir de 1943 on n'y répertorie que des hommes. Auparavant il y a eu des foyers d'accueil, pour femmes et enfants, sans toutefois une organisation administrative qui puisse produire des traces, ça se fait plutôt au bon vouloir, sans cadre légal ni contrôle.

Sur Le Paradis, elle a l'intuition que c'est un des points de passage, beaucoup plus que la ferme du Purgatoire dont elle découvre simplement que la ligne frontière passait à l'intérieur de la cuisine, matérialisée par des poinçons fichés dans le sol. On y trafiquait facilement, c'est probable, mais des denrées, peut-être des armes, pas des humains. Il n'y avait pas assez d'enfoncement dans le territoire, on se trouvait à portée de fusil et presque à portée de main de la soldatesque allemande.

À sa grande surprise, elle a découvert qu'il y avait une troisième ferme, appelée « L'Enfer », mais que celle-ci a été rebaptisée en « Grütli » sans qu'elle sache établir à quelle date, avant ou après la guerre. Probablement après. Grütli, la verdoyante prairie fondatrice de la Suisse. Sur la fin de la note, les idées sont plus confuses, les phrases se relâchent, ou ne se terminent pas vraiment. « En apprendre plus sur Le Paradis. » La formule revient souvent. Le Paradis. Encore Le Paradis. Qui habite au Paradis ? Qui dirige Le Paradis ? Qui s'occupe des liaisons du Paradis vers Bure et Porrentruy ? Qui pourrait se trouver sur cet itinéraire ? Quel rôle joue le Merle blanc ?

Elle se promet, au détour d'une phrase, d'aller un jour là-bas.

10

Où avait pu filer Barbara, début 1943, personne ne semblait en avoir la moindre idée. À lire d'autres notes de Camille, c'était dans sa famille le sujet à ne pas aborder. Avait-elle réussi à gagner le centre de la Suisse, pour ne plus risquer d'en être expulsée ? Mais alors, dans quelles conditions mentales ? Barbara n'a laissé aucune trace pendant ces quelques années. Et Juliette, première à avoir enquêté, n'a visiblement rien trouvé pour combler ce trou béant. Camille est livrée à des hypothèses et reconstitue des listes de noms, de lieux, recopie d'interminables documents, mais rien n'entre en écho avec sa famille. Elle rêve parfois que Barbara a rencontré quelqu'un, un jeune homme, ou pas forcément très jeune, qui est venu l'aider à s'évader du pensionnat de Porrentruy, il lui a ouvert une grille, ou une fenêtre, et elle s'est fiée à lui. Mais ça ne colle pas avec son statut de mère célibataire quand on la retrouve à Paris. D'ailleurs, qui aurait à ce moment-là voulu d'une fille enceinte, fugitive pas vraiment réfugiée, recherchée sans doute pour ses anciennes activités de résistance ? La beauté n'ouvre pas toutes les portes.

11

Après Valence, au péage de l'autoroute en direction du nord, un nouveau contrôle. C'est le cinquième depuis mon départ de Marseille avec la Mustang. Vérification d'identité. Destination ? Pourquoi ? Vous venez d'où ? On me fait ouvrir le coffre. Je sens des gouttes de sueur froide couler le long de ma colonne vertébrale. Il y a quoi dans la valise ? Des affaires personnelles. Des vêtements ? Oui, des vêtements, une trousse de toilette, et quelques papiers. Le gendarme me fixe quelques secondes qui me semblent très longues, il dit, « des papiers ? », puis il me fait signe d'y aller, « et soyez attentif, de nombreux convois militaires circulent dans les deux sens, des pans de bitume ont certainement été arrachés, il y a eu des mouvements de terrain, le chaud, l'eau, ou le manque d'eau, ouvrez l'œil ».

J'ai finalement décidé de faire comme à l'aller quand nous descendions vers le Sud avec Camille et d'éviter l'autoroute pour privilégier les nationales ou les départementales. À la hauteur de Vienne, je prends sur la droite par des départementales en direction de Bourg-en-Bresse et Lons-le-Saunier, je bifurque vers Pontarlier, Morteau. Le paysage change tous les cinquante kilomètres, comme un puzzle construit dans l'épaisseur du temps. Avec des morceaux de bocage. Plus loin, l'Isère, l'Ain, le Jura présentent d'autres caractéristiques, d'importants dénivelés, des vallées encaissées, des plateaux, des combes, des cols. À plusieurs ronds-points se sont organisés des sortes de barrages filtrants, par les habitants des communes voisines à ce que j'ai compris, on arrête des voitures, on interroge, on fouille, heureusement la Mustang en impose, je surprends parfois un regard envieux, et même hostile, mais on me laisse passer, sans me faire ralentir, presque avec déférence. J'aime cette voiture, au-delà de ce que j'avais pu penser. Je l'aime comme un rêve d'enfance assouvi. Bientôt c'est le département du Doubs, avec des gorges et des vallées, Maîche, Pont-de-Roide, enfin Audincourt, triste ville de la sous-traitance automobile, de la sous-traitance tout court. J'aurais pu pousser jusqu'à Montbéliard, de toute façon j'étais désormais sur zone, pas loin de la frontière suisse et du « Paradis », mais je suis resté là, à Audincourt. L'hôtel est quelconque, bien tenu, propre, équipé, il y a même une petite piscine, et un jardin, sur l'arrière. J'ai pris une chambre pour la semaine, c'est moins cher et j'ai envie de me fixer pour quelques jours, afin d'élaborer un programme, un plan. Je suis désormais à l'abri des incendies, mais il fait chaud, une chaleur étouffante, l'eau commence paraît-il à se faire rare, d'ailleurs la baignade est déconseillée car l'entretien n'a pas été assuré comme il se devrait, on craint des bactéries.

L'étranger est une occasion (proverbe suisse) IV :

Juin-juillet 1940

La locomotive avance à faible régime, glissant sur l'acier, presque silencieuse, personne n'a rechargé de charbon depuis le passage incognito de la frontière, à Boncourt, on admire l'insouciante rivière qui longe les rails et dessine la plaine. C'est l'été, pourtant il ne fait pas chaud. On a traversé tant de paysages, tant de villages, quelques grandes villes, en trois jours et trois nuits depuis le départ des faubourgs de Lille et le convoi arrive finalement en gare de Porrentruy, sur une voie de desserte. Seul le brasier de la cuve troue d'un cercle orange-rouge l'épaisse nuit de pluie.

Ils sont dix, sous la houlette de Bloch-Laroche, capitaine aventurier, à s'être relayés dans la conduite de l'engin et surtout dans la manipulation des rails d'aiguillage. Ce sont des soldats, pas des cheminots. Ils trouvent néanmoins leur itinéraire, s'accoutument à la manœuvre. Il faut aussi charger en charbon, à grandes pelletées, ralentir dans les courbes, le train alors crie et déchire le silence ambiant, puis on se relâche, les tronçons rectilignes sont nombreux, ça donne courage et confiance.

C'est déjà par train qu'ils avaient été acheminés vers le front du Nord, à la fin de l'été 1939, presque le baptême du feu pour la jeune SNCF unifiée au 1er janvier 1938. Les troupes partaient la fleur au fusil, on ne ferait qu'une bouchée des Boches. Pendant un an il ne s'est rien passé, ou presque. Une longue attente inutile. Puis c'est la guerre éclair. Personne ne s'attendait à cela. Le front vole en éclats, perforé à Sedan, à Valenciennes. La Somme rompt. Plus rien à sauver, sinon soi-même.

Ils se sont donc retrouvés à dix, réunis un peu par hasard mais soudés par le désir de gagner leur salut. Bloch-Laroche a pris la direction du groupe, c'est son rôle, il est capitaine, la famille a produit des officiers par le passé, c'est une seconde nature chez lui. Après concertation, on a identifié un assemblage de wagons moins surveillés, ou laissés sans consigne. Les voilà partis, circulant essentiellement la nuit. Amiens, Reims le gros nœud, Châlons-sur-Marne, Grey, Besançon, on tâtonne dans l'obscurité des plaines et des vallées, on freine à vue, et hop, on saute de la plateforme, court vers l'aiguillage, et ça repart, il faut charger en briquettes, surveiller les voies et leurs parages. Arriver à Belfort est un soulagement et une angoisse. Que se passe-t-il ici, la ligne de défense tient-elle ? En fait, plus rien ne tient. La débâcle se généralise. L'un des conducteurs improvisés lance alors l'idée de la Suisse. Ignore-t-il que les dix wagons accrochés à leur suite sont remplis de munitions, et transportent quelques dizaines de fantassins en quenouille ? Déjà Delle est traversée, on poursuit en roue libre, au cœur des ténèbres. Aucune lumière allumée dans les environs, on craint les bombardements, du côté suisse comme du côté français. Les gens sont terrés chez eux, certains insomniaques voient passer à travers la fenêtre de leur cuisine ou de leur chambre à coucher ce train fantôme, dont personne ne doit rien savoir ni rien dire.

Une fois arrivés en gare de Porrentruy, on ne bouge pas une oreille. L'aube monte à l'est, elle envahit le ciel, tout à fait dégagé à présent, le soleil réchauffe les fugitifs épuisés. Un soldat est remonté des wagons de l'arrière pour venir aux renseignements. Il s'appelle Deubel, prétend avoir de la famille dans la région, sans savoir s'il doit s'en réjouir ni s'il pourra le faire valoir. Bloch-Laroche découvre ainsi l'existence de cette centaine de soldats planqués tout au long du convoi. Les cloches d'une église sonnent, c'est le lundi 10 juin 1940, la vie s'ébroue, des passagers s'engouffrent dans le train CFF équipé sur la voie 1, avec des habits d'ouvriers et une gamelle à la main. Ils partent au boulot, comme si de rien n'était, tandis que le monde vacille, tout du moins la France. Depuis le 10 mai, c'est l'enchaînement désespérant des brèches et des contournements, on va de catastrophe en catastrophe. Le 6 juin, la ligne Weygand est tombée. La défaite est désormais une fatalité. La population entame l'exode.

Les troupes reculent, s'éparpillent. Pour celles qui en sont proches, la Suisse est un refuge évident. Aux conditions habituelles : désarmement des hommes à leur franchissement de la frontière, abandon de l'arsenal aussitôt récupéré par les autorités d'accueil. Les 19 et 20 juin 1940, par Brémoncourt, Vaufrey, Réclère, Damvant, le pont de Goumois, entrent en Helvétie plusieurs formations du 45e corps d'armée sous les ordres du général Daillant, dont la 2e division polonaise de chasseurs à pied, le 7e régiment de spahis algériens, un total d'environ 42 000 hommes et 5 500 chevaux, et parmi eux une centaine de chevaux blancs, éclatants. À nouveau, c'est l'ébahissement devant les tenues, les couleurs, les panaches. Les spahis retiennent bien sûr l'attention, on les acclame malgré l'atmosphère morose et la peur générale. On les installe du côté d'Estavayer-le-Lac, ça fait plus méditerranéen que le Jura bernois où sont affectés les Polonais, plus de 12 000 forts-à-bras qui vont largement contribuer à remodeler le paysage des Franches-Montagnes par des travaux d'utilité publique, sentes, sentiers, routes, talus, coteaux, déboisage et reboisage. Ils sont regroupés à La Motte pour l'essentiel, quelques-uns arrivent aussi par Boncourt, ou par Croix et la ferme du Paradis. Dans toute la région, c'est grande agitation. La population civile franc-comtoise cherche à trouver refuge, les rues de Porrentruy sont bondées, on ne sait que penser de ce brusque afflux. Les vivres viennent à manquer, mais on a le cœur serré. Et l'afflux est encore augmenté par tous ces soldats, vaillants, qu'une guerre éclair a réduits à l'inactivité. C'est un va-et-vient dans tous les sens, un brouhaha incessant. On dort à même le sol, on partage des paillasses, des lits, qui sont parfois des lits d'amour passionné, désespéré.

Les pieds nickelés du convoi stationné en gare de Porrentruy sont soulagés de ces arrivées en masse, ils peuvent se noyer dans la foule, et la centaine de fugitifs qu'ils forment se mélange ainsi avec les réfugiés. Plus on est de fous, plus on rit. Mais le moment n'est pas du tout au rire. La locomotive et ses dix wagons deviennent le terrain de jeux des enfants du quartier de la gare. Et un matin, le convoi a disparu. Il a été escamoté.

Fin 1940, les évacués repartent pour la plupart vers la France désormais gouvernée par Pétain. Certains s'attardent. S'adonnent à des petits trafics. Organisent des réseaux de passage. On croyait à une guerre brève. C'est parti pour durer.

Autant en emporte le vent

1

J'ai ralenti progressivement. La frontière de Fahy était fermée par un large bloc de béton placé au milieu de la chaussée, « Passage interdit », un panneau indiquait que seul le poste de Boncourt était ouvert, et que tout contrevenant s'exposait à une sévère riposte, y compris un tir au pistolet ou à l'arme automatique. De part et d'autre du bureau douanier, on avait déroulé du fil de fer barbelé à texture dense, sur plusieurs dizaines de mètres, et même à perte de vue. Tout est cadenassé. De toute façon, je n'ai ni visa ni sauf-conduit, ce qui est désormais la condition d'accès. Mais bon, j'espérais pouvoir négocier quelque chose, à tout hasard. J'ai fait demi-tour, puis j'ai roulé lentement pour observer le joli paysage, avec des champs et des haies, du bétail. Le soir au dîner, la patronne du petit hôtel où je suis descendu à Audincourt est venue s'asseoir un moment à ma table, par curiosité, elle m'a raconté des histoires de braconniers et de trafic de bétail pendant les périodes de guerre : « Les passeurs ferraient les chevaux à l'envers, pour induire les flics et les gabelous en erreur, parce qu'il y a eu en Suisse beaucoup de chevaux de notre belle armée française internée, et on leur faisait passer la frontière dans l'autre sens, tout un micmac, comme les vaches, les paysans suisses préféraient les nôtres, les Montbéliard, plus productives selon eux, alors ils en faisaient transiter en douce et ils balançaient les leurs, celles en fin de vie, dans des trous à vaches, des emposieux qu'ils appellent ça, autrefois on les repérait à l'odeur, une odeur forte de charogne, on avait une sacrée peur de tomber dedans. Inutile de vous dire que certains ont fait fortune avec ces va-et-vient, de part et d'autre, et voilà que ça recommence, avec le chaos d'aujourd'hui. Les salopards, c'est comme le lierre, ça ne disparaît pas. C'est vivace. »

Elle était inquiète pour ma belle voiture, « on ne sait jamais, il y a beaucoup de jeunes excités dans la zone, je vais demander à mon mari de sortir la sienne du garage pour vous libérer la place, ce serait dommage que vous vous fassiez vandaliser un si beau modèle », et elle a ajouté : « En échange, vous me ferez faire un tour ! »

Du coup, ça va devenir plus difficile de sortir la Mustang pour un oui pour un non, je devrai à chaque fois obtenir la clé. J'ai demandé s'il y aurait un vélo à disposition, on m'en a prêté un, sans chichis. Mon intention était d'explorer le territoire en direction de la frontière, pour me faire une idée plus précise de la situation. La départementale en direction d'Hérimoncourt est assez fréquentée, et les conducteurs roulent à toute allure, indifférents aux limitations de vitesse, même un vélo ne les fait pas ralentir, j'avais froid dans le dos à chaque passage de voiture. À la hauteur d'Abbévillers, j'ai tourné à gauche en direction de Croix, j'avais mémorisé la carte, c'est le village le plus proche des fermes du Paradis et du Purgatoire, situées à quelques centaines de mètres. J'y reviendrai de nuit, ou en toute fin de journée, quand tout le monde est rentré chez soi. Les gens se couchent tôt par ici, ils ont peur et se terrent, c'est désert le soir.

Audincourt ne semblait guère présenter d'intérêt. J'ai quand même fait un tour, et le marchand de fruits et légumes m'a conseillé d'aller voir l'église du Sacré-Cœur, pour ses vitraux. « Il y a des amateurs qui viennent de loin pour ça, en général c'est fermé, à cause des voyous qui dégradent tout, il suffit de se signaler et une voisine viendra vous ouvrir, elle a les clés. » La vieille dame devait être assise à la table de son salon, elle m'a vu de loin, est venue à la fenêtre et m'a crié d'une voix incertaine et frêle : « C'est pour l'église ? » J'ai simplement hoché la tête. Le ciel était bas et gris, la météo n'annonçait pourtant pas de pluie, on se serait cru déjà en automne. Elle est arrivée de son petit pas sautillant, en charentaises, avec une robe élimée et un fichu sur les épaules, et elle m'a dit : « Je vous ai aperçu de loin, et j'ai tout de suite pensé que vous veniez pour les vitraux, avec ces habits. On voit que vous êtes de la ville. »

Sa main tremblante a eu quelque difficulté à engager la clé dans la serrure, et quand la porte s'est ouverte, j'ai été saisi par la lumière, vive, contrastée, des vitraux de Fernand Léger. La petite vieille a commencé ses explications, une ville d'ouvriers, après la guerre tout le monde voulait croire à des lendemains meilleurs : « Le pays de Montbéliard c'est plutôt protestant mais il y avait pas mal d'étrangers et beaucoup de catholiques chez les ouvriers, les patrons sont parpaillots, nous on est catholiques, et c'est l'abbé qui a réuni les fonds, il a réussi à contacter monsieur Léger, qui d'abord ne voulait pas, il était communiste à ce qu'il paraît, il n'aimait pas la foi ou la croyance, mais pour des ouvriers il a finalement été d'accord et il a fait tous ces verres. C'est sur la passion du Christ, vous voyez là, il est sur la croix. » Elle m'a donné le thème de chaque vitrail, elle avait tout appris par cœur, mais elle y mettait de l'enthousiasme, elle trouvait ça admirable, la façon dont le peintre traduisait les thèmes, les épisodes, « on y très attachés par ici ». En ressortant, j'ai aperçu d'autres vitraux, en dalle de verre, dans un baptistère situé sur le côté, mais ça l'intéressait moins, « ça c'est plus moderne, on n'y voit rien », j'étais fasciné par les lignes, les rapports de couleur, la puissance des courbes. Autant j'avais été un peu déçu à Vence par les vitraux de Matisse, autant j'étais ici impressionné. En menant plus tard des recherches, j'appris que l'auteur, Jean Bazaine, avait aussi réalisé la mosaïque de la façade. « Aujourd'hui, presque plus personne ne vient, c'est triste. Il n'y a que quelques touristes. À la messe du dimanche, on n'est pas même les doigts d'une main, bien souvent. Alors ils ont décidé de fermer le reste du temps, et je m'occupe de venir ouvrir. Quand on est croyant, il faut aider, aider les autres. Et il y a du boulot, croyez-moi. Avec tous ces pauvres gens qu'on persécute. C'est malheureux de voir ça. »

2

Le wifi de l'hôtel est instable, et la connexion générale assez mauvaise. J'ai quand même pu retourner sur la Dropbox de Camille et poursuivre mes investigations. Le fichier « GM, 1969 » suivait celui intitulé « AGM, 1942 », déjà consulté et qui m'avait amené jusqu'ici en me fournissant les points de repère géographiques.

Le ton change. Tout semble plus joyeux, plus insouciant. La période est à la liberté. Mai 68 est alors un événement récent, en fin de compte. On est en 1969, mois de juillet. Les cerisiers regorgent de fruits. Des grosses cerises charnues et goûteuses sur lesquelles Juliette, fille de Barbara, s'extasie. La grand-mère de Camille a alors 26 ans. Elle veut enquêter sur un secret de famille dont elle a trouvé une trace nimbée de mystère dans un cahier de sa mère, Barbara, mais dont personne ne veut lui parler, et surtout pas la première concernée.

Juliette a fait du stop depuis Paris, elle est arrivée jusqu'à Montbéliard, et depuis là elle a emprunté des chemins de campagne. Sur un billet, elle a écrit « Ferme du

Paradis, Ferme du Purgatoire ». C'est avant tout Le Paradis qui l'attire. En traversant la petite ville de Beaucourt, à quelques kilomètres de là, elle tombe sur un groupe de jeunes gens de son âge. Ils l'invitent dans une maison sur une des collines de la ville. Tout est un peu bizarre ici, comme si le territoire n'avait pas été prévu pour une agglomération devenue tout de même assez grande. On lui explique que c'était un petit village autrefois, presque un hameau, mais qu'un des ressortissants, nommé Japy, parti faire ses expériences en Suisse, au Locle, en est revenu avec les machines mises au point par Jean-Jacques Jeanneret-Gris qui, résigné à ne pas pouvoir convaincre ses propres artisans, les a vendues à son contremaître, et c'est de ces machines, mises au point par l'aïeul de Le Corbusier, que Japy tirera fortune en fondant une usine pour fabriquer les ébauches d'horlogerie, des ébauches qu'il ira revendre principalement en Suisse voisine, du côté de Neuchâtel et Genève, juste retour du balancier. C'était un pionnier, Frédéric Japy, animé d'un sentiment paternaliste dont ses descendants allaient hériter, avec de multiples usines aux grands réfectoires, un esprit de famille. Ainsi l'empire industriel grandit sans cesse à Beaucourt, on invente, on améliore, on rationalise, les brevets pleuvent, la main-d'œuvre rapplique, il faut construire, des petites maisons d'ouvriers pas si mal traités, bientôt organisées en cités. La ville s'étend sur les pentes environnantes, les déborde, c'est ce qui donne ce sentiment étrange quand on découvre le paysage minéral reposant sur quatre collines. Mais en 1969, Japy est sur le déclin, pas loin de la disparition.

Les jeunes gens rencontrés par Juliette se sont installés

en communauté dans deux maisons mitoyennes, ils sont en tout une douzaine, on fume, on boit un peu, on mange des œufs, des tomates, des fruits, du fromage, c'est cool. On l'invite à dormir, il y a un lit à disposition, le lendemain on part cueillir des fraises des bois, dans une forêt où l'on a procédé à des abattages, les fraises ont vraiment un goût de forêt, elle pense à la synecdoque, à la métonymie, des souvenirs de ses études, la partie pour le tout, la forêt entière dans une fraise. Les rayons de soleil hachurent la lumière entre les hauts troncs, il y a de la luzerne, du lierre, de la mousse, des branches, elle a le tournis, c'est peut-être l'effet de l'herbe, elle part s'étendre sur son lit dès le retour dans la maison de ses nouveaux amis. Quand elle se réveille dans la nuit venue, elle sent une présence à ses côtés. Elle tâtonne, sa main se pose sur un bras, une épaule, une forme blanche. C'est un des garçons, silencieux, nu, elle devine qu'il est nu, elle voit dans la pénombre son sexe durci, elle dit non, c'est gentil mais je n'ai pas envie. Il ne dit pas un mot, se glisse hors du lit, passe un pantalon, un maillot. Elle reste seule dans l'obscurité. C'était violent et doux à la fois. Elle n'a pas envie de faire l'amour. Elle a simplement envie de faire la fête.

Le lendemain, elle salue tout le monde et reprend son chemin. Tout cela risque de mal tourner, elle le sent. Et puis, elle doit gagner Le Paradis. Elle l'avait presque oublié.

Un autre fichier, classé juste à la suite dans la box, s'intitule « GM, 1969, *bis* ». Je le garde pour un autre jour. Il est tard, je veux dormir.

3

En ce bel été 1969, Juliette marche sur les routes étroites, traverse Croix, se désaltère au puits à balancier, il fait très chaud, c'est l'heure de midi, elle transpire à grosses gouttes, ça la frappe, elle l'écrit dans le cahier, elle n'a jamais transpiré autant. C'est que le temps va changer, et tourner à l'orage. Elle accélère le pas, pour trouver un refuge, sa tente sera un abri dérisoire s'il se met à venter et à pleuvoir des cordes. À la frontière, simple route départementale, il n'y a personne, rien qu'un panneau invitant à se rendre à un poste de douane situé à trois kilomètres en cas de marchandises à déclarer, elle franchit le seuil d'un nouveau pays, elle est en Suisse, elle est au Paradis, les premières gouttes tombent, on l'accueille. Une vieille dame très douce lui offre du pain et une barre de chocolat emballée dans un papier aluminium rouge, du chocolat brun avec des pépites d'amande. Elle a décidé de s'installer pour les vacances dans la région. On lui donne l'autorisation de planter sa tente derrière la grange, elle sera en sécurité, « il n'y a rien à craindre ici » dit la vieille dame, « sauf les gens du Purgatoire » enchaîne un homme plus jeune, dans la cinquantaine, avec un drôle de rire. Si elle veut aller faire des courses, à Bure ou même à Croix, elle pourra emprunter le solex d'un des jeunes, et elle peut prendre le car postal pour aller à Porrentruy, « vous verrez, c'est une belle région ».

Juliette participe parfois aux cueillettes de fruits, on lui fait découvrir le damasson, une petite prune typique de la région d'Ajoie, entre la prune dont elle a presque la couleur de robe et la mirabelle dont elle a la taille, « c'est une année à noyaux » dit la vieille dame, les cerises étaient délicieuses et abondantes, « les damassons seront légion » ajoute-t-elle. On en fait de délicieuses tartes, un peu de confiture et surtout de la damassine. « De la damassine ? » s'enchante Juliette à l'écoute de ce nom exotique. De l'alcool fort, lui répond-on, très fort, « on titre haut dans la région, ça réchauffe bien en hiver », et tout le monde part d'un bon rire. Le damasson viendrait, paraît-il, de Damas, dans cette Syrie que dans les années soixante tout le monde méconnaît, à peine sait-on la situer sur la carte. « Au Moyen-Orient, par là-bas. » Ce sont les croisés partis d'Ajoie à la suite de saint Bernard de Clairvaux qui auraient rapporté des noyaux de différents fruits, dont celui-ci, et qui les auraient plantés dans la bonne terre riche du coin. Après ça prend du temps, beaucoup de temps, pour qu'un fruit soit vraiment installé, mais c'est devenu une spécialité de la région.

Juliette emprunte régulièrement le solex qu'on lui a proposé, pour aller dans les différents villages de la plaine d'Ajoie, et souvent pour rejoindre un groupe d'amis des fils du Paradis qui bivouaquent dans la forêt du Fahy. Ils ont organisé une sorte de campement dans une clairière à laquelle on accède après une longue enfilade de sentiers, elle doit faire attention de ne pas buter sur d'épaisses branches, le terrain est parfois glissant à cause des feuilles accumulées. Le soir, tout le monde est autour du feu. Dans la journée, on bricole, on répare, on lit, et surtout, on écoute de la musique, les Doors, essentiellement les Doors, et quelques groupes californiens, Grateful Dead, Quicksilver qu'elle découvre, et Jefferson Airplane, quel drôle de nom, elle aime la voix de Grace Slick, elle adore cette chanteuse, son corps pulpeux, sa chevelure épaisse, la force de son regard sur les photos, ses tenues, épaules nues, débardeurs, la grâce vraiment. Elle se lève à chaque fois pour danser sur « When the Earth Moves Again », le morceau choral porté par le violon, mais c'est surtout en écoutant « Law Man » qu'elle chavire, elle a recopié dans son cahier les paroles en anglais, et souligné cette phrase, en majuscules : « WELL I'M TIRED AND SWEET FROM MAKING LOVE. » Par un après-midi de forte chaleur et de fœhn, grisée par la musique qui tourne dans sa tête, elle emmène à l'écart, dans les sous-bois, le jeune homme de Bure dont elle a fait la connaissance le premier soir, son surnom l'a surprise, « Merle gris », ça viendrait du père sans qu'il en ait hérité aucun signe, ils marchent une centaine de mètres, sortent du sentier, l'effet de l'herbe est agréable, elle s'arrête, se retourne face à lui, enlève sa robe légère, retire sa petite culotte, se couche sur les feuilles et la mousse, ferme les yeux. Il vient en elle, c'est le temps de l'amour, lent, envoûtant, elle voit la lumière à travers ses paupières baissées, il demande s'il peut jouir en elle, et sans y penser elle répond oui, viens, elle sent sa jouissance, et la sienne à elle juste après. Elle ouvre les yeux. Il lui sourit puis se tourne sur le ventre. C'est à ce moment précis qu'elle découvre la tache de vin sous son omoplate gauche, « derrière le cœur » pense-t-elle, « exactement comme moi mais sur le dos ». Ils se relèvent promptement. Elle étale sur sa cuisse droite le sperme qui coule de sa vulve.

Certains ont un sourire entendu quand elle rejoint le groupe. Le jeune homme est parti sans demander son reste, il devait aider chez lui. L'image de la tache de vin s'imprime dans la tête de Juliette. Elle est de forme identique à la sienne, qu'elle cache le plus souvent, sur le galbe de son sein gauche. Ce sein gauche qu'il n'a même pas vu, si ça se trouve, car elle porte toujours sa main dessus, pour le cacher, et il fermait les yeux pendant l'amour, elle l'a senti, ils étaient nimbés l'un et l'autre dans un voile de lumière ruisselante, pris dans le tourbillon du plaisir. La douce légèreté se teinte tout à coup d'une forme d'abattement, et d'angoisse.

4

Le lendemain, Juliette réunit ses affaires de bon matin, replie sa tente, bourre son sac à dos, emprunte le solex ou plutôt le vole car elle ne prévient personne et sait qu'elle va l'abandonner loin de là, à Belfort où elle part prendre un train pour Paris. L'année suivante, au printemps, elle enfante. Quatre ans plus tard, elle se suicide. On retrouve son corps, tandis que la petite pleure dans sa chambre. Elle n'a laissé aucun mot. On sentait de la tristesse en elle. Mais pas plus les derniers temps que depuis son retour dans la capitale. Sa fille s'appelle Muriel. Elle sera élevée par sa grand-mère, Barbara. L'ambiance ne sera guère à la joie ni à la gaieté. L'argent manque, on doit compter. L'inflation est galopante. Le poulet du dimanche, c'est un week-end sur deux.

Muriel est brillante à l'école. Elle saute une classe. Plus tard, pour sa première année de master, elle passe un semestre à Londres. Se lie à un étudiant suisse, de Lucerne, qui entame sa carrière là-bas, à la London

School of Economics. Ils se partageront la garde de leur enfant, née en 1991, puis à l'âge de dix ans Camille choisira de rester auprès de sa mère, elle ne passe dès lors avec son père que deux semaines en été et quelques jours après Noël. L'idée de famille lui est étrangère. Son arrière-grand-mère meurt en 2001, heureuse d'être entrée dans un siècle nouveau mais ses forces étaient à bout, elle est partie dans son sommeil. C'est ce qu'elle désirait : sa petite-fille Muriel ayant elle-même donné naissance, tout continue.

Ainsi se termine le document « GM, 1969 ». Pour me mettre les idées au clair, j'ai dessiné sur la tablette, grâce au stylo magique, une sorte d'arbre généalogique, strictement féminin parce que les hommes n'apparaissent jamais dans ces fichiers.

Barbara (1923-2001)

|

Juliette (1943-2012)

|

Muriel (née en 1970)

|

Camille (née en 1991)

Camille a elle aussi donné naissance. J'en suis certain. Une autre Barbara ? Mais il n'en est jamais question. Nulle trace ici.

5

Je gare la Mustang à la sortie de Croix, sur un chemin agricole. Il fait à peine nuit, mais il n'y a personne, les volets sont tirés, les stores baissés, pas âme qui vive, l'heure de la télévision a sonné. Les gens ont vraiment peur. Sans savoir forcément de quoi. Ou si, ils ont peur de demain. La fermeture des frontières a changé le destin de nombreux foyers. Pendant des lustres, ils ont bénéficié du statut de frontaliers, avec un travail fortement rémunéré en Suisse, et l'avantageuse couverture sociale de la France. Ils faisaient les allers-retours sans entrave et pouvaient au bout de peu de temps construire leur maison, accéder à la propriété. Tout s'est écroulé d'un coup. Plus de permis de travail, plus de franchissement insoucieux des postes de douane, et un accès limité aux indemnités de chômage.

Je remonte la route à pied, du côté du bois, légèrement penché vers l'avant, comme pour me cacher, ou préparer ma fuite si un gendarme venait à passer. J'arrive à l'endroit où la route forme un angle droit, une vieille borne de granit laisse deviner un lys gravé, le motif est un peu effacé, et de l'autre côté de la borne une croix fédérale est mieux préservée, elle a peut-être été burinée à nouveau récemment. Le long rouleau de fil barbelé s'étend à perte de vue par la droite et par la gauche. Quelle débauche de moyens. Je ne suis jamais allé en Suisse, bien qu'ayant vécu de longues années non loin, dans mon enfance à Besançon, et à de nombreuses reprises lors de vacances chez mes oncle et tante. Deux fenêtres allumées se détachent dans la façade de la grande ferme dont la silhouette massive se dessine sur les dernières lueurs bleu pétrole du ciel. Il aurait suffi en temps normal de traverser la chaussée pour changer de pays. Des panneaux en trois langues, allemand, français, italien, répètent la même stricte interdiction de franchir la ligne de démarcation sous peine d'être pris pour cible. Je souris de la pancarte routière blanche avec inscription en lettres bâton noires, « Le Paradis ».

Lorsque des phares au loin signalent l'approche d'un véhicule, je recule et m'enfonce de quelques mètres dans le bois, et à la troisième alerte je pousse jusqu'à une petite clairière. Le sol est vaguement humide, d'une sorte de rosée. Je m'allonge dans l'herbe, sur le dos, et regarde la nuée, les étoiles. Je pense aux augures latins qui de leur long bâton recourbé délimitaient un rectangle dans le ciel pour y lire et interpréter les auspices, c'est-à-dire le vol des oiseaux traversant le templum ainsi dessiné. Ce devait être beau, ce geste arbitraire et solennel, d'où jaillissait la surface sacrée, la surface du sens. Camille n'est pas loin, j'en suis à présent certain.

Je la sens. Je sens sa vibration. Le vent nous relie. Elle est là. Je vais la revoir, tôt ou tard.

Je sors petit à petit de ma rêverie, avec un grand soupir entre torpeur et joie. Dans le bois, des voix très basses s'interpellent. Je devine des mouvements. Et puis c'est de nouveau le silence épais. Je regagne la voiture et conduis très doucement jusqu'à Audincourt. Aucun contrôle, aucune mauvaise rencontre. Je range la voiture dans le garage en faisant le moins de bruit possible et dépose la clé sur le comptoir de la réception. Une fois couché, je cherche une carte détaillée de la région sur Internet. Je repère non sans difficulté les fermes du Paradis et du Purgatoire. De l'autre côté de la route, le petit bois dans lequel je me suis couché. Il s'appelle le Coteau Juif. J'imagine sans peine que pendant la dernière Guerre, les Allemands l'avaient truffé de mines.

6

Cette fois j'ai pris le vélo, celui que la patronne de l'hôtel m'a prêté avec insistance, « mais si, personne ne l'utilise, je vais demander à mon mari de mettre un coup de pompe, les pneus sont un peu à plat, et il est à vous ». La bicyclette était prête, et nettoyée de sa poussière, en fin d'après-midi quand je suis sorti de ma chambre, après une longue sieste.

C'est dimanche. Je n'aime pas le dimanche, surtout à la campagne ou dans une petite ville. Par prudence, je ne mets pas de lumière à l'approche de la ligne frontière, dans la dernière montée, on me remarquerait de loin, et le bruit de la dynamo pourrait attirer la curiosité. Une fois arrivé à l'angle de la route, je reprends mon souffle et d'un coup de sécateur avisé dont j'ai fait l'acquisition la veille dans la quincaillerie qui est un des derniers commerces du centre-ville, je coupe le fil barbelé à deux endroits, pour ménager un passage que je ferme aussitôt derrière moi. Et j'enfourche à nouveau mon vélo. La ferme du Paradis est illuminée de partout, des gens sont installés sur le parvis, on a sorti des tables, pour profiter de la douceur. On me regarde passer, sans un mot, avec toutefois un visible étonnement. Ensuite ce sont de petites routes peu surveillées, jusqu'à Bure. De toute façon les policiers suisses sont à l'affût des immigrés, un gars comme moi ne les intéresse guère, même dépourvu de tout papier et de toute autorisation. La traversée de la forêt du Fahy est angoissante, avec les derniers bruits d'oiseaux, et de drôles d'animaux qui franchissent parfois la chaussée, des renards, peut-être des sangliers, je remets la dynamo, pour éclairer la route et les prévenir ou leur inspirer crainte. C'est alors la longue descente vers la ville de Porrentruy. Une fois arrivé en bas de la pente raide, je ne sais pas quelle direction prendre, le château est imposant et bien mis en valeur par un éclairage nocturne, j'admire le grand coq en effigie sur la tour, les rues pavées révèlent une ville majestueuse et douce, d'un jaune miel quand elle n'est pas blanche de pierre, les fontaines sont richement ouvragées et colorées. Je continue de rouler sans m'arrêter pour ne surtout pas attirer l'attention, faisant mine de connaître exactement ma destination. Le mieux est de m'éloigner un peu du centre historique. Je me dirige vers la gare, et finalement j'opte pour le petit cimetière en léger surplomb à la sortie de la ville. J'y serai tranquille, personne ne viendra s'enquérir de moi, et je me réveillerai avec le soleil.

À l'aube, je file dans les bois attenants, trouve une fontaine pour me débarbouiller le visage et faire un semblant de toilette. Puis je me risque jusque dans la vieille ville où j'achète un pain au lait dans une boulangerie, ça semble être une spécialité, je me suis calé sur le client précédent, et je prends un café à emporter, la vendeuse accepte que je la paie en euros, elle me dit, « vous pouvez vous asseoir, c'est le même prix », mais je préfère ne pas m'attarder, ne pas me faire repérer.

Vers 10 heures, j'arrive aux abords de la piscine municipale, toute neuve avec son grand bassin et ses attractions, plongeoirs, toboggan. L'écrasante chaleur attire déjà la foule, les enfants s'ébrouent, et tout à coup j'aperçois Camille, sur une chaise haute, en short et t-shirt, elle est concentrée et se protège du soleil avec une casquette à longue visière. Le rouge lui va décidément bien. Tout lui va à ravir. Mon intuition était donc la bonne. Elle s'est installée à Porrentruy. Je peux tranquillement rebrousser chemin et aller profiter de ma petite chambre d'hôtel tout de même plus réconfortante qu'un cimetière.

7

Madame Bosquet, la tenancière de l'hôtel, a paru soulagée quand elle m'a croisé. « Vous savez, on s'attache vite aux clients, et quand je ne vous ai pas vu revenir hier soir, ni apparaître ce matin au petit déjeuner, j'ai eu peur qu'il vous soit arrivé quelque chose, avec toutes les drôles de péripéties qui se passent par ici. Et puis, vous êtes spécial, on voit que vous venez de la grande ville. Vous avez du goût, ça se voit à vos habits », et elle a légèrement rougi. C'est une femme d'énergie, avec des bras solides, tout en gardant la ligne et une forme de beauté, de sveltesse. Dommage qu'elle se teigne les cheveux en blond, de ce faux blond qui sent trop l'artifice. Je l'ai rassurée, je serai là encore quelque temps, une mission à accomplir.

– Et votre Mustang, vous ne la sortez plus ?

– Ici, ce n'est pas très discret. Et votre vélo est parfait. Mais je vais la faire rouler un de ces jours. Je vous emmènerai si vous voulez.

Elle a paru tout à fait déroutée. Son regard fuyait, elle

a peut-être pensé que je la draguais, ou que je pensais qu'elle me draguait et que j'ouvrais le jeu en retour.

Pour la première fois depuis longtemps, je suis allé acheter le journal. J'en avais marre de la tablette, et de toutes les traces que je risquais de laisser derrière moi par des consultations en ligne en raison de la foutue géolocalisation. Les contrôles se renforcent, partout. Les frontières se ferment. On parle de changer la Constitution.

8

J'ai longuement hésité, car je savais que j'allais entrer dans une forme supérieure d'intimité, que je franchissais un palier. C'était une note, de format Word, intitulée « Camille par Camille ». La souris s'est posée dessus, double-clic, le texte est apparu, une petite dizaine de feuillets serrés, étrangement rédigés à la troisième personne. Camille ceci, Camille cela. Elle s'y interroge sur sa façon d'avoir si longtemps fui le passé de sa famille et de finir à présent par en faire une obsession. Elle observe aussi combien les pères y sont absents, ça ressemble à une histoire de femmes, dont elle a retissé la trame. Et puis, il y a cette première expérience, contrainte, ou du moins elle la ressent comme telle aujourd'hui, car à l'époque, ça lui avait paru normal, ou conforme aux récits de ses amies, « il faut y passer, après on peut même y prendre goût ». Le fichier date de l'an dernier, il n'y est donc fait aucune mention de moi, de notre rencontre, de notre histoire. J'ai lu la fin en diagonale. Elle y expose ses doutes, et surtout ses soupçons. Le point de départ, l'origine de tout, le trou noir, c'est Barbara, son arrière-grand-mère. Elle veut comprendre. Elle croit avoir compris. Un coupable, des complices. Aucun nom, mais des lieux, Le Purgatoire, Bure, Fahy, Porrentruy. Et les deux surnoms, presque obsessionnels, « Merle blanc » et « Merle gris », le premier surtout, objet d'une forme de haine. « Ne pas oublier. Ne pas pardonner. » En capitales.

Plus loin, après un long espace blanc, elle ajoute : « Je n'ai pas su faire de place à ma propre fille. Ma petite Barbara à moi. Mais ma mère m'a-t-elle vraiment fait une place ? Et ma grand-mère ? »

9

– J'ai quelque chose d'un peu délicat à vous demander.

Madame Bosquet a frappé doucement à la porte de ma chambre, puis elle s'est glissée par l'embrasure avant de refermer derrière elle, je regarde sa robe jaune à motifs floraux blancs qui enveloppe son corps frais et ferme, elle doit percevoir mon étonnement, et presque une gêne.

– Cela doit rester un secret entre nous. Un secret absolu.

Son visage s'empourpre, j'observe le gonflement de sa poitrine qui tend le tissu au bord de craquer.

– J'ai vu que vous possédiez un passeport suisse. Il est tombé de la poche de votre veste quand j'ai fait votre chambre, avant-hier matin. Surtout, j'ai pensé que vous n'étiez pas comme les autres, pas comme les gens d'ici.

La patronne s'assied sur la chaise en plastique blanc, semble reprendre son souffle. Je reste étendu sur le dos, dans ce lit défait parce que j'avais froid aux pieds en cette fin de journée plus fraîche à la suite des orages de la nuit dernière.

– Les gens de la ferme vous ont vu passer.
– Les gens de la ferme ?
– La ferme du Paradis.
– Ah bon. Ils me connaissent ?
– D'après leur description, j'ai pensé que c'était vous.
– Et ?
– Vous ne devriez pas vous promener comme ça, de l'autre côté. C'est quelque chose de dangereux. C'est quelque chose qui se prépare.
Elle paraît hésiter un instant, puis elle se lance :
– Vous êtes quelqu'un de solide, ça se voit du premier coup d'œil.
Elle baisse la tête, me regarde, baisse à nouveau les yeux. J'hésite à me lever pour aller vers elle, mais elle interrompt mon geste par des mots à peine audibles.
– On s'organise pour faire passer des gens, des familles.
Elle me regarde, inquiète.
– Et on a pensé que vous pourriez nous aider.
– Moi ? Vous aider en quoi ?
– À faire passer des gens qui sont en danger. Vous connaissez le terrain, et si on vous arrête, les autres auront le temps de se cacher et on ne vous cherchera pas de noises, à vous, vous présentez bien, vous n'avez rien à vous reprocher, et vous possédez ce passeport.
Elle était à bout de souffle, épuisée. Elle a quand même ajouté :
– Vous le savez sans doute, je vous le dis quand même, c'est risqué. C'est très risqué. Mais si vous pouviez...
– Et quand ?
– Le plus tôt possible. Demain soir, si vous acceptez.

Il y a de l'attente, et chaque jour le risque grandit d'être repérés.

Je lui ai répondu que j'allais réfléchir. Elle a souri, d'un beau sourire plein de reconnaissance. Au moins je ne lui avais pas dit non, je ne m'étais pas indigné.

– Rassurez-vous, nous faisons très attention, ce sont des gens triés sur le volet, qui fuient pour de bonnes raisons, pas des terroristes comme on veut faire croire aux gens. Leur seul tort est d'être étrangers.

La nuit tout à fait venue, je me suis rendu à Croix, avec la Mustang. Je pouvais à présent compter sur la complicité de Georgette pour sortir sans encombre la voiture, elle m'a précisé « appelez-moi Georgette ». Je me suis garé en bord de route juste avant l'entrée du village, que j'ai traversé à pied, pour remonter en direction de la ferme du Paradis. Tout m'apparaissait sous un jour nouveau, celui du danger. Celui de la peur. Arrivé au coude de la route, j'ai regardé longuement les étoiles, comme si je pouvais y lire mon destin. En repensant aux augures me sont venues en tête des photographies de Matisse, déjà âgé, assis dans une chaise roulante, en train de dessiner avec un fusain fixé au bout d'un long bâton.

En rentrant vers 22 heures, j'ai croisé Georgette dans le hall de l'hôtel. Elle avait dû entendre le moteur de la voiture quand je la remisais dans le garage. Elle avait un beau sourire inquiet, je lui ai dit : « Bonne nuit Georgette, à demain soir comme convenu. » Elle est repartie dans ses appartements. Je devenais complice.

Reverrai-je un jour Camille, si proche pourtant, à quelques petits kilomètres à vol d'oiseau ?

10

Je me suis souvenu qu'il y avait des pièces annexes dans la suite de dossiers, toutes intitulées 1942-1, 1942-2, 1942-3, une dizaine, je n'avais pas pris le temps de les ouvrir et en me réveillant au milieu de la nuit, parce qu'il faisait excessivement chaud dans la chambre, ou que trop d'idées tournaient dans ma tête, j'ai eu l'impulsion de lire tout ça, je me rendormirais plus facilement. D'abord, j'ai pensé avoir fait une faute de frappe en tapant le mot de passe, mais non, rien ne s'ouvrait, ni au deuxième, ni au troisième essai, réalisés avec beaucoup d'application, et je me suis alors rendu à l'évidence : Camille avait coupé l'accès à sa Dropbox, soit en la supprimant, soit en changeant de sésame. Peut-être voulait-elle disparaître, comme je l'avais fait moi-même deux ou trois semaines auparavant. Ou elle s'était doutée d'une intrusion, quelqu'un consultait ses fichiers, elle a pu penser à moi, mais pas forcément. En tout cas, je ne pouvais plus entrer dans son monde. J'étais effondré, et presque paniqué. Mieux valait pourtant ne rien précipiter. Laisser les dés rouler. J'ai ouvert la fenêtre, la fraîcheur m'a en quelque sorte libéré, je rêvais que c'était l'air de Camille, celui qu'elle avait respiré, ou qui l'avait caressée, qui avait agité ses longs cheveux, sa bouche, ses épaules, son dos, elle était là, ferme et musclée dans la nuit de toute petite lune. Je me suis rendormi au bout de quelques minutes.

11

Il était passé neuf heures quand je me suis réveillé, le petit déjeuner ne serait plus servi, je pouvais me rabattre sur le bar PMU, bien glauque mais qui sert un excellent café moussu et pas du tout amer. En ouvrant la porte de la chambre, je suis tombé sur un petit plateau, à même le sol, avec un pot de café, un croissant, une tasse, un verre de jus d'orange pressée, et une petite carte où l'on avait dessiné un cœur maladroit au feutre rouge. Je me suis empressé de tout poser sur le lit et de refermer la porte. Sur le verso de la carte était écrit, d'une main plus ferme, « Merci. Georgette ». J'ai pris peur, d'un quiproquo, espérant surtout que le mari, presque jamais visible, ne vienne pas à penser des choses infondées. Cette mission de passeur, tout à coup, m'effrayait. J'ai vidé la tasse de café tiède, avalé le croissant, glissé la petite carte dans ma poche, et je suis parti, au hasard des chemins. J'avais besoin de marcher, de me vider la tête. Le paysage était magnifique sous le soleil serein, c'était le vert d'automne, plus calme, et le jaune des blés coupés. La marche a duré des heures et des heures, d'un pas soutenu, je n'avais plus fourni un tel effort physique depuis très longtemps, sans même faire un arrêt pour manger.

À la tombée de la nuit, j'ai rejoint la famille au lieu qu'on m'avait indiqué, à la lisière du bois. C'était un couple avec deux adolescentes et un petit garçon aux yeux écarquillés. Je leur ai fait signe de se taire en posant l'index sur mes lèvres, et nous nous sommes mis en route, à la queue leu leu. J'étais attentif au possible murmure d'un drone, c'est la surveillance la plus dangereuse, la plus imprévisible, munie d'un détecteur à infrarouge, il fallait prêter attention à cent quatre-vingts degrés et au ciel fureteur. Dès qu'une voiture passait nous avions pour consigne de nous coucher dans l'herbe. En fin de compte il n'y en a eu qu'une, et même, elle a bifurqué dans l'autre direction. Ensuite, c'était le coude de la route, qu'on a franchie tête baissée jusqu'au point précis de l'ouverture dans le rouleau barbelé, je l'avais bien en tête, et ensuite on a couru sur cent mètres, comme des dératés. Nous étions arrivés derrière la ferme, à l'abri d'un auvent, hors de vue. J'ai repris souffle, en posant ma main sur l'épaule du père de famille, j'ai secoué la tête, lui aussi, et ils ont filé vers l'intérieur de la grange. Tout s'était passé comme prévu. Le petit tronçon découpé du fil barbelé était facile à repérer quand on en connaissait l'existence.

Je voulais me reposer un peu, mes jambes donnaient une impression de lourdeur. Pour être seul, j'ai marché quelques mètres jusqu'à une petite chapelle qui m'intriguait depuis mon premier passage en vélo. À en croire le panneau, un charpentier, prénommé Joseph, avait entrepris en 1879 une neuvaine à Notre-Dame-des-Ermites avec une ferveur toute particulière, et la jambe dont il devait être amputé à la suite d'un accident avait pu être guérie. Aussi entreprit-il, selon sa promesse faite alors, de construire une chapelle votive au Paradis. Je ne souhaitais pas m'attarder et suis reparti d'un bon pas dans la nuit complice.

Georgette me l'avait dit, comme une confidence, un matin de petit déjeuner : « Dans la région, on a plein de croyances. Et c'est encore pire de l'autre côté, en Suisse. Eux, ils ont le secret. »

12

Il a plu une bonne partie de l'après-midi, puis le soleil est réapparu peu avant de se coucher, dans un ciel bleu intense, un bleu de mescaline. Les cafés d'Audincourt, Seloncourt et de Vandoncourt étaient noirs de monde, dans une ambiance survoltée, les Bleus disputaient un match de rugby à fort enjeu contre les Anglais, un classique et une vraie ferveur. Je pensais que tout serait ainsi facilité.

Quand je suis arrivé au bord du bois, à la sortie du village, point convenu pour se retrouver, la famille est sortie, avec des gestes coulés, élégants, une mère et trois garçons. Je leur ai checké la main et on s'est disposés en file indienne pour commencer de remonter la route. Au bout d'une vingtaine de mètres, une lampe électrique m'a aveuglé de loin, c'étaient deux gendarmes volants, armés, l'un pointait un pistolet dans ma direction, il a crié : « Arrête-toi, pas un geste. » Quand il s'est approché et a découvert ma tête et mon âge il s'est vaguement excusé et m'a donné du monsieur, il a demandé mon document d'identité, je lui ai tendu le passeport extirpé de ma poche gauche qu'il a regardé avec méfiance, « Bloch-Laroche c'est pas très catholique, c'est même pas vraiment français, ça sent le mélange ». Il voulait savoir ce que je faisais là, en dehors du village, à pied et à proximité de la frontière, je lui ai dit simplement : « Je n'aime pas le rugby », il a paru interloqué mais son collègue a éclaté de rire et il a avoué : « Moi non plus ! » Le plus jeune m'a invité à rebrousser chemin, « il y a beaucoup de va-et-vient par ici, à la nuit venue c'est mieux de rester dans la lumière des lampadaires ». J'ai hoché la tête, ils sont repartis, et une minute après je les voyais passer en voiture, le conducteur m'a fait un petit signe de la main, l'affaire était entendue.

Comme par miracle la famille s'était éclipsée, je ne sais même pas comment ils ont fait, des chats, sans un bruit, et ils sont réapparus après un temps. La mère m'a dit, dans un anglais approximatif, qu'ils avaient vu les mouvements d'une très longue ombre portée, avant même que la lumière ne soit braquée sur moi, et c'est l'avantage d'être l'un derrière l'autre, le premier fait obstacle. On a repris notre marche, à pas prudents, sur le qui-vive. J'ai cru apercevoir un drone. Fausse alerte. C'était probablement une buse attardée. Ou une chouette. Le côté suisse paraissait tranquille. La mère avait un grand sourire, elle a incliné la tête à trois ou quatre reprises, elle devait estimer que j'avais bien accompli mon travail.

Les trois nuits suivantes ont été des réussites, à chaque fois la famille sortait du bois, dans une composition variable mais toujours au moins quatre, et une fois sept, ça m'a paru énorme, et aux gens de la ferme aussi, ça a dû leur paraître beaucoup, leur mission devenait ardue. Ensuite je rentrais en vélo à vive allure pour me coucher sans tarder et me lever de bonne heure.

13

Pas plus tôt installé à la table du petit déjeuner que je voyais Georgette fondre sur moi, avec un sourire timide. La journée s'annonçait magnifique, il y a peu de clients dans l'hôtel jusqu'à demain soir, elle me proposait de me faire découvrir des joliesses du coin, c'est le mot qu'elle a employé, « joliesses », ça m'a plu, elle avait une légère odeur de transpiration sous les bras que j'ai trouvée agréable. Elle a ajouté, « j'ai tellement envie de monter dans votre Mustang », et elle a fait une drôle de moue presque enfantine, en guettant ma réponse. Je sentais le piège. En même temps, c'était délicat de refuser, et j'en avais envie, tout compte fait, d'une balade pour découvrir des joliesses.

Le lavoir de Saint-Dizier-l'Évêque était un enchantement de simplicité, sous sa solide charpente, avec le murmure de l'eau. Ensuite, nous sommes allés au belvédère de Vandoncourt, pas vraiment spectaculaire mais émouvant, Georgette me montrait la ligne des Vosges, elle s'extasiait devant le paysage tout alentour.

« Bon, on n'a pas la tour Eiffel, mais c'est beau, c'est dégagé, légèrement vallonné, tandis qu'à Audincourt c'est devenu moche, malgré les grands travaux qu'ils ont réalisés sur le pont et dans la partie vieille. » Elle avait emporté des lunettes de soleil, ça lui donnait un air italien, elle était belle dans le soleil mousseux et l'air encore frais. Nous avons emprunté des petites routes jusqu'à une auberge, bien nommée La Cachette, spécialités de friture de carpe et de cuisses de grenouille. C'était jour de fermeture. La Mustang n'était pas du tout appropriée pour ce genre de voie minuscule, étroite, cabossée. J'ai garé la voiture et nous avons continué à pied.

Georgette m'a dit : « Les habitants des grandes villes nous prennent pour des culs-terreux, ou des ploucs, mais il fait bon vivre ici, c'est une belle région, et les habitants sont gentils. » Elle a marqué une pause. « Vous aussi vous êtes gentil. On le devine à votre regard. J'ai tout de suite eu confiance en vous. » Je voyais ses seins gonflés par la respiration de la marche à bon pas sur le sentier que nous avons bientôt quitté pour nous engager dans un sous-bois. J'ai pensé à Camille, je savais définitivement qu'elle était mon destin.

À vrai dire, Georgette n'avait aucune intention trouble. Elle voulait simplement me faire découvrir des « coins », elle reprenait ce mot, « des coins », et là, c'était le Pont Sarrazin, une sorte de passerelle sur une roche érodée, un pont naturel qui ressemblait bel et bien à un pont construit, comme un pont romain. Un panneau indiquait que « Sarrazin » désignait, dans ces terres d'invasion, tout barbare ou pillard venu du

Sud. Nous nous sommes assis sur un morceau de tronc, les oiseaux chantaient à tue-tête, il y avait des taons, désagréables, non loin on a aperçu des vaches, les belles vaches de Montbéliard qui ont les faveurs des paysans suisses.

Dans la voiture, sur le chemin du retour, Georgette m'a dit : « Tout le monde commence à trembler, c'est très tendu, on assimile systématiquement les immigrés à des terroristes, dans les journaux, à la radio, à la télé, c'est rentré dans la tête des gens. Un réseau a été démantelé du côté de Ferrette, des amis de longue date, on ignore ce qui les attend. J'hésite à continuer, ça s'est mis à parler, les anciens frontaliers surtout, ce sont les pires, ils détestent tout le monde à présent. » Elle a paru hésiter, et elle a ajouté : « Vous aussi vous devriez faire attention, avec votre nom, j'y ai bien pensé, les démons reviennent, personne n'est à l'abri. Je suis un peu désolée de vous avoir mêlé à cette affaire, vous avez peut-être pris plus de risques que vous ne pensiez, que je ne pensais. » Après un long silence, j'ai dit à Georgette que j'envisageais en effet de partir assez vite, le lendemain ou le surlendemain, j'hésitais encore, soit rentrer à Paris, soit continuer ailleurs. Elle m'a dit : « En Suisse ? » Cela m'a étonné, j'ai répondu : « Peut-être. » Elle a paru triste.

14

De retour dans ma chambre, il devait être trois heures de l'après-midi, j'ai allumé la tablette et j'ai consulté la presse régionale, pour la première fois depuis près d'une semaine. Dans un quotidien suisse, j'ai trouvé un long article, d'une pleine page avec photos, sur une énigmatique suite d'incendies, dans la même nuit, à la ferme du Purgatoire, puis à Bure, une maison d'habitation, enfin à Porrentruy, des bureaux, dans le quartier de la gare. Il était trop tôt pour établir s'il s'agissait d'actes criminels, mais l'enchaînement dans une chronologie resserrée le laissait penser. Les dégâts étaient importants, la grange et la maison étaient en cendres, entièrement détruites. Il était, une fois de plus, question du « Merle blanc ». Je me suis entendu dire, bêtement, à voix haute, « il n'y a pas de fumée sans feu ».

Le moment était venu de retrouver Camille.

15

Lorsque je suis descendu dans la salle du restaurant pour dire à Georgette que je m'en allais, que je ne reviendrais plus, elle m'a regardé, puis elle m'a pris dans ses bras, en me serrant très fort contre elle. J'ai vu son mari qui passait une tête par la porte battante de la cuisine, je lui ai fait un sourire, il a secoué la tête, comme d'approbation. Georgette m'a glissé dans l'oreille : « Merci, merci, merci, c'est formidable ce que vous avez fait, on ne peut pas leur fermer toutes nos portes, toutes les frontières, à ces gens, il va bien falloir apprendre un jour à vivre avec eux. Il y en a qui ont fait de longues études, vous savez, et puis ce sont des humains, c'est fou qu'on en ait fait des ennemis, qu'on ait installé toute cette peur. Vous allez nous manquer. Mais à présent, il faut prendre soin de vous. » Elle a redressé la tête, m'a regardé fixement, avec une intensité qui m'a fait froncer les yeux, comme d'éblouissement, et elle m'a dit, avec douceur : « Pour ce soir, ne vous sentez obligé à rien, ce serait trop bête de vous faire pincer, les autorités sont de plus en plus à l'affût, et de plus en plus sévères, vous risquez gros, très gros, vous le savez. Ils ont encore durci les lois. Ils en font bientôt chaque semaine, des lois. »

À 21 heures, tout était prêt dans le garage. Deux réfugiés s'étaient calés tête-bêche dans le coffre arrière, et deux autres étaient allongés l'un sur l'autre devant la banquette arrière, sous mes bagages bien en vue. Le dernier était à côté de moi, replié devant le siège, la tête rentrée dans les épaules, j'ai posé mon manteau sur sa tête. C'était un coup de poker. Et la première fois que je franchissais la frontière avec la bagnole. Les rues étaient désertes. Une fois sorti de Croix, j'ai accéléré dans la montée, le moteur rugissait, selon l'expression publicitaire, j'ai pensé, un tigre dans le moteur, un triste tigre par temps de désolation qui partait vers sa fin ou son salut, et j'ai foncé tout droit, sans regarder ni à gauche ni à droite, en rentrant la tête dans les épaules, le rouleau de fil de fer s'est ouvert exactement là où je l'avais sectionné, j'ai encore accéléré, puis j'ai pilé devant la ferme du Paradis, pour virer à droite, et j'ai encore roulé quelques mètres dans l'herbe, afin de me mettre à l'abri des regards extérieurs, derrière la grange. Il y avait un silence pesant dans l'habitacle. Je voyais le blanc des yeux qui roulait dans les orbites écarquillées. « You are in Switzerland. Good luck. » J'ai ouvert ma portière, puis celle de l'arrière, et enfin le coffre. Le paysan, dont j'ignorais le nom, c'était la règle, est arrivé, apparemment décontracté, il a sifflé entre ses lèvres et il a dit : « Wouah, la bagnole ! » Il était béat d'admiration, mais quand il a vu le cinquième gars sortir par l'avant, il a eu un geste de la tête vers l'arrière et il a dit : « Cinq d'un coup ! Ça fait trop, je n'ai plus assez de place pour l'instant. » Il a fait signe au petit groupe de s'asseoir sur le long banc de bois peint en vert, contre la façade, et il m'a pris à part. « Puisque vous êtes véhiculé, vous pourriez les conduire jusqu'à Porrentruy, on a un local plus grand là-bas, ils y trouveront facilement refuge. » C'était quand même dangereux, toute cette route avec cinq clandestins entassés dans l'habitacle et le coffre. Il m'a interrompu et m'a précisé qu'il ouvrirait le chemin avec son tracteur, je n'aurais qu'à le suivre tous phares éteints jusqu'au village de Bure, et ensuite je continuerais vers Porrentruy, à travers les champs puis la forêt, il fallait simplement faire attention à la descente, du côté du château, on lui avait déjà signalé des contrôles dans le virage en épingle à cheveux, mais il me ferait un itinéraire, « vous prendrez à droite après l'hôpital et vous suivrez des petites routes résidentielles pour rejoindre l'ancienne route de Courtedoux, de là il n'y a plus aucun risque, qui s'aviserait d'arrêter une aussi belle Mustang ? » Ce qu'il ne savait pas, c'est que la voiture était bel et bien à mon nom, alors que je comptais désormais utiliser mon passeport suisse, au nom d'Antoine Rouge. Nous avons encore un peu discuté, il était affecté par l'incendie de l'avant-veille chez ses voisins du Purgatoire, assez inexplicable à ses yeux, même si ces derniers temps, beaucoup de vols avaient été perpétrés dans le coin, des machines agricoles, des pièces de moteur, pour le trafic de métaux, et des animaux aussi, une vache, deux moutons, « croyez-moi, ça ne vient pas de qui on pourrait penser », il en était certain. La grange incendiée était presque neuve, elle avait été reconstruite pendant l'épidémie, « ça fait quoi, cinq ou six ans ? ». Il ne croyait pas à la piste de l'accident, ni à celle de voleurs de poules ou autres. Les rumeurs allaient bon train. « Il y a des jaloux, qui pensent qu'on se met de l'argent dans la poche, et puis il y a ceux qui sont hostiles aux réfugiés, qui les considèrent comme le diable, qui enragent, qui veulent leur peau. Heureusement, les gars et les familles, on les héberge dans notre grange à nous. Si certains pouvaient aussi mettre le feu ici, ils seraient bien contents, simplement on est plus à découvert. »

Les cinq bonshommes ont regagné leurs inconfortables places, selon la même disposition, mais au moment de redémarrer le moteur, celui-ci a eu une quinte, j'ai insisté en tournant la clé, c'est encore un modèle à clé, le bruit s'étouffait, il n'y avait que les phares allumés dans la nuit qui projetaient leur faible halo sur la ferme et faisaient briller les carreaux des fenêtres. Le paysan est redescendu de son tracteur, il a ouvert le capot, a bricolé dans le moteur, puis il est allé chercher quelques outils et un estagnon d'huile, « je vais vous fignoler tout ça, une belle voiture comme la vôtre il faut la bichonner ». Je lui ai demandé s'il s'y connaissait en mécanique, il m'a répondu que c'était toujours le même principe, quel que soit le moteur, de tracteur ou de bolide. Il enlevait et remettait des joints, des embouts, passait un torchon un peu partout, les mains pleines de cambouis, et à un moment il s'est redressé et m'a bien regardé. « Les gens des villes achètent de superbes voitures mais n'y connaissent en général pas grand-chose. Ils ont les yeux pour la beauté, parfois l'oreille pour le ronronnement ou le sifflement, mais rarement les mains pour autre chose que le volant et le tableau de bord. » Et il a ri. J'étais bien obligé de hocher la tête en signe d'approbation, avec un sourire un peu gêné. J'ai soudainement pensé à Anne, qui se moquait tendrement de ce qu'elle appelait « mes passions décalées ». Il a repris : « À Porrentruy, profitez-en pour aller voir le garage Lamborghini, juste après la piscine. C'est le plus grand d'Europe, peut-être du monde, des centaines de pompes ultra-luxueuses, on trouve même un petit musée avec les modèles du début, dans les années 1960. Un sacré trésor. Quand on pense que le patron a commencé par vendre des Volkswagen. Il a bien flairé le coup. Mais vous savez par quoi il avait débuté, le père Lamborghini ? Par des tracteurs ! C'est avec eux qu'il a construit sa fortune. Quand je vous dis que c'est la même chose. » Il a de nouveau éclaté de rire et m'a tapé sur l'épaule, avec bienveillance. « Vous pouvez essayer de démarrer. » Le moteur s'est enclenché, sans heurt. Nous sommes partis dans la nuit des champs et des sous-bois, lui sur son immense tracteur, moi comme un fantôme à sa suite, tous feux éteints, accompagné des cinq clandestins silencieux et crispés. Une fois à Bure, il m'a montré le panneau qui indiquait la direction de Porrentruy, et il a rebroussé chemin. Les explications étaient claires et précises, j'ai trouvé sans encombre. La mission était accomplie. La dernière.

Au fond, je n'ai jamais eu le goût des voitures. La Mustang, c'est simplement un souvenir d'enfance.

La salamandre

1

Les kiosques à journaux de Porrentruy, assez nombreux pour une petite ville, sont tapissés des affichettes du jour, et trois titres régionaux mettent en avant l'affaire des incendies, dont celle du quotidien local au ton toujours assez caustique : « Beaucoup de cendres, pas d'incendiaire ». En gros, l'enquête se poursuit, la police n'a pas de piste privilégiée.

Lorsque j'ai franchi la frontière avec la Mustang, je me suis rendu compte que c'était le fait de trimballer autant d'argent liquide sur moi qui me faisait le plus peur, avec tous les malentendus que cela aurait pu occasionner, traite de réfugiés, trafic de drogue, évasion fiscale, financement d'activités terroristes, que sais-je encore. J'avais tapissé mon torse et mon ventre d'enveloppes pas trop épaisses sous du scotch assez large enroulé des aisselles aux hanches. En vérité, mon magot a déjà pas mal fondu, mais il me reste assez de réserves pour voir venir et ne pas devoir procéder à une nouvelle vente immobilière dans les mois à venir.

Je vais toutefois devoir changer des devises. Les billets suisses sont beaux, j'en ai vu circuler lorsque j'ai fait une première incursion à Porrentruy, et de toute façon le change fait son grand retour, plusieurs pays ont annoncé lundi dernier leur décision de sortir de la zone euro et de battre désormais leur propre monnaie, dont la France et l'Italie, des nations pourtant fondatrices de la Communauté européenne – cela revient dans tous les commentaires des journaux. Mon enjeu est pour l'instant de passer inaperçu, d'éviter en particulier les contrôles impromptus, je suis coincé par l'identité de la carte grise, même si l'absence de visa n'est pas d'une extrême gravité pour un ressortissant français de France, paraît-il. Mais suis-je encore un ressortissant français de France aux yeux de la France ?

Sans pousser plus loin les recherches, j'ai pris une chambre dans un petit hôtel qui me semblait convenir, en face de la gare, avec café et restaurant. La spécialité du lundi, puisque nous sommes lundi, est un délicieux gâteau au fromage dont j'ai aussitôt fait mon déjeuner. La couche de fromage est épaisse, fondante, et la pâte légère. J'ai demandé des petits oignons, une vieille habitude familiale héritée de l'enfance, on m'a apporté une salade mixte, avec de la carotte, du céleri et une frisée, c'était délicieux. La patronne s'est montrée compréhensive, elle m'a proposé de mettre cela sur la note, c'était une drôle d'expression mais j'ai acquiescé.

2

Sur la petite route réservée aux bordiers qui conduit à la piscine municipale, j'ai fait une halte au club de tennis, huit beaux courts en terre battue d'un rouge plus soutenu qu'en France où elle tire sur l'orange. Il n'y avait personne, ni sur les terrains ni au clubhouse. C'était trop éloigné pour vraiment reconnaître Camille. Je me suis donc rapproché, avec précaution. Je faisais semblant de regarder dans d'autres directions, bercé par les cris d'enfants ou les apostrophes vives des adolescents, ce devaient être des écoles à cette heure encore matinale, des essaims qui se déplaçaient par à-coups, en une étrange chorégraphie légère et belle, sauts dans l'eau, piétinements au bord du bassin, courses d'un point à l'autre, nouveau plongeon, arrêts, courses, chamailleries, plongeons, courses. Subitement, Camille est apparue, avec ses longs cheveux en queue-de-cheval, sa peau bronzée, cette élégance naturelle dans le port et dans les gestes. Elle s'est installée sur la chaise haute de surveillance, un sifflet dans la bouche, elle a fait un petit signe de la main à un des professeurs qui accompagnaient une classe, puis elle s'est tournée vers la partie du bassin demeurée ouverte au public, quelques dames et un vieux monsieur qui s'essoufflait à la brasse coulée. Les élèves ne sont pas de sa responsabilité, elle se concentre sur sa mission, comme elle le faisait à la plage, dans le Sud. Elle a sorti d'une poche latérale de son short une paire de lunettes de soleil, et c'était parti pour la journée. Au bout d'un quart d'heure j'ai continué mon chemin, en me mêlant à une famille nombreuse qui arrivait, pour ne pas attirer l'attention de Camille, et j'ai poussé jusqu'au garage Lamborghini dont m'avait parlé le paysan du Paradis, juste après la patinoire très belle dans son écrin de bois bardé.

L'accumulation de voitures garées les unes contre les autres, avec leurs designs anguleux, m'a donné le vertige. J'essayais de distinguer les modèles, j'avais connu autrefois, par le biais d'une transaction immobilière, un propriétaire de Countach, mais le design a beaucoup évolué. Je me suis demandé le sens de tels bolides quand la vitesse est limitée comme elle l'est de plus en plus. Les carrosseries étaient pour la plupart grises ou noires, avec quelques exceptions, vert pomme, jaune, et une rouge, une seule. Pour moi et depuis l'enfance les voitures de sport sont rouges, forcément rouges. J'aurais pu entrer, poser des questions, faire semblant de m'intéresser à un achat, mais j'ai été pris d'une forme de gêne, ou de timidité. Ce n'est pas vraiment mon monde. Déjà la Mustang était un peu une connerie, alors une Lamborghini...

J'ai à nouveau longé la piscine et je me suis arrêté

devant le grillage, à la hauteur du bassin, mine de rien. J'ai cru à un moment que Camille m'avait repéré, qu'elle m'avait reconnu dans la foule des allées et venues. Elle n'a pas réagi, je m'étais peut-être fait des idées. Midi approchait, j'avais un commencement de faim, je suis reparti vers le centre historique, admirant au passage l'église Saint-Pierre, les remparts, les vieilles maisons de couleurs variées et toits en tuiles, et plus loin, à droite, sous un angle avantageux, le château du prince-évêque. Lui aussi était un réfugié à sa façon, il avait dû quitter sa ville de Bâle tombée aux mains des réformateurs pour élire Porrentruy comme refuge et nouveau siège de son épiscopat. Sa cour l'avait suivi, et ça avait dû être une formidable et brutale transformation pour ce petit bourg médiéval qui tout à coup changeait d'échelle, se dotait d'imposants bâtiments administratifs et découvrait les raffinements de l'aristocratie ou des familles patriciennes, toutes d'expression alémanique, on se demande comment les gens se comprenaient. Cette présence a duré deux siècles et demi, seul l'élan de la Révolution française est venu y mettre fin, en 1792. J'adore les prospectus des offices du tourisme, et comme à chaque fois j'en ai fait provision.

3

J'ai décollé le rabat d'une des enveloppes pour en extraire les euros nécessaires, ai glissé la liasse dans la poche gauche de mon pantalon, puis j'ai descendu les quelques marches de l'escalier, franchi la route en remerciant le chauffeur d'une camionnette qui m'avait cédé le passage, les automobilistes s'arrêtent automatiquement ici, dès qu'ils voient un piéton qui pourrait avoir l'intention de traverser, je suis entré dans le bureau de poste qui longe les rails de chemin de fer, et je me suis mis dans la file des clients cois et patients. Arrivé enfin au guichet, j'ai sorti les billets de 100 et 50 euros pour les changer en francs suisses. La dame n'a fait aucune remarque ni posé aucune question, elle a compté devant moi les billets que je lui confiais, m'en a donné en retour un nombre plus ou moins équivalent, 1 000 francs, le cours est presque à parité, « ça ne va pas durer » m'a-t-elle dit avec un sourire mi-ironique mi-fataliste. En repartant, je suis tombé nez à nez avec le paysan du Paradis, qui venait d'arriver.

Il a fait une drôle de grimace, et m'a proposé d'aller boire un café, dans le bistrot d'en face. Plusieurs clients avaient déjà attaqué l'apéro, quoiqu'il fût à peine onze heures du matin.

On s'est mis dans un coin de la salle, discrètement. J'ai demandé un café serré, la serveuse m'a dit avec un accent italien un peu exagéré « expresso ou ristretto ? », c'était précis, j'ai acquiescé, « ristretto ». Le paysan a pris une pression, bien mousseuse a-t-il ajouté. Il ne s'attendait pas à me trouver encore en Ajoie, pensant que j'aurais déjà gagné une grande ville, ou du moins l'intérieur du pays. « La situation est tendue, depuis les incendies. Cela nous vaut l'attention de la police fédérale. Les contrôles se durcissent. Tout le monde est sur ses gardes. Vous aussi, il vous faut faire attention. Vous n'avez pas d'autorisation de séjour, ou je me trompe ? » J'ai hoché la tête, sans véritablement répondre. « Trois réfugiés qu'on a fait passer dernièrement ont été molestés du côté de Bienne, et sont revenus par ici, il paraît qu'ils errent dans la ville. Ils vont se faire repérer. Je suis passé voir si je les trouvais, pour les mettre à l'abri quelque part, mais rien, impossible de mettre la main dessus. Les étrangers suscitent la méfiance, et toutes sortes de peur. Vous, c'est différent, vous êtes blanc, et bien habillé. Vous n'êtes pas une cible, c'est sûr. » Je lui ai dit avec une fierté déplacée que j'avais plusieurs cartes dans mon jeu, et même un passeport suisse. « Ah, à votre nom ? » m'a-t-il demandé à voix basse. « Non. Au nom de Rouge. » « Rouge ? Ça sonne pas vraiment suisse… »

4

Je me suis procuré une carte de la région de l'Ajoie, détaillée, au quarante millième, dans l'idée d'aller m'y promener, des longues promenades à travers les champs et les bois, seul ou plus tard avec Camille. Elle aime l'activité physique sous toutes ses formes, dont la natation n'est qu'une des déclinaisons, ou une passion, encore que je ne sache pas vraiment si c'est pour elle une passion, ou simplement un gagne-pain. La plaine est doucement vallonnée, bordée au sud par la chaîne du Jura, tandis que vers le nord et l'est on accède de plain-pied à la France voisine, territoire de Belfort, Franche-Comté, Doubs. Le relief le plus élevé sépare du reste de la Suisse, avec le massif des Rangiers au franchissement difficultueux lors des hivers d'autrefois jusqu'à ce qu'un tunnel soit venu résoudre le problème, « il n'y a pas si longtemps » m'a précisé la patronne du café, « et encore, c'est un tunnel où on se croise, pas comme les magnifiques tunnels à sens unique que vous trouverez ailleurs, du côté de Zurich, ou Lucerne, ou Neuchâtel. Ici, on nous a donné le minimum ». Je scrute la carte et m'attarde sur les noms des villages, j'ai toujours aimé les noms de lieux, dans les cours de géographie je les mémorisais, toutes les capitales du monde par exemple, dont les merveilleux Nouakchott et Ouagadougou, ou tous les départements, des listes à n'en plus finir dont je me farcissais la tête. Les noms d'Ajoie peuvent être sobres, comme Alle ou Buix, austères comme Bure, baroques comme Beurnevésin, sautillants et légers comme Bonfol de folie douce, Charmoille au charme hâbleur, et Cornol de corne et formol, je me prends à rêver de Pleujouse en pelouse de pluie joueuse, et de Damphreux au précieux camphre, Fahy à l'écho oriental et judiciaire, ou encore ces énigmatiques formes impératives de verbes inouïs, Lugnez ! Chevenez ! Montignez !, sans oublier Courgenay à la courge pour nez comme dans un tableau d'Arcimboldo. J'ai pris la Mustang pour faire le plein, l'essence est le seul produit moins cher ici qu'en France, et je suis allé à Cœuve aux anciens lavoirs ouverts aux vents, dans le creux du mont voisin, une douce colline, car le paysage est doux en Ajoie, resplendissant de variations agricoles entre les riches forêts composées à moitié de feuillus et pour le reste de résineux, chatoiements de verts à l'infini. Les hêtres abondent, et les chênes, les buis. J'ai longé les entassements de troncs et de planches découpées d'une envoûtante scierie à Vendlincourt, et j'ai pensé à mon père qui caressait les arbres lors de ses promenades en forêt, à l'aube. Tout à coup j'ai eu envie, une profonde envie, de retrouver ce contact, cette fusion avec les forces naturelles. La grande ville m'a paru lointaine, hostile, révolue. L'après-midi a passé ainsi, en pensées flottantes et rêveries, dans la petite chambre d'hôtel dont la luminosité variait avec les apparitions fugaces du soleil, et quand je suis descendu pour boire un verre sur la terrasse, j'ai longuement admiré le beau ciel de traîne, fréquent dans le pays.

5

Dans la nuit d'insomnie, j'ai repensé à la chaîne des Rangiers, cette lourde montagne qui se dresse devant la Suisse, au point que la population d'Ajoie a parfois pu penser qu'on l'abandonnerait facilement à son triste sort, en cas d'invasion, puisqu'il n'y avait aucun obstacle naturel pour la défendre. Au fond, la vraie Suisse commence avec cette montagne, ou derrière elle. Un client habitué des heures d'apéro m'a raconté des histoires embrouillées sur un personnage appelé Fritz, qui avait longtemps trôné au sommet des Rangiers. J'ai lancé quelques recherches, regardé des images d'archives. Lourde figure de soldat en manteau, tenant des deux mains son fusil à la verticale devant lui, regard pointé vers le lointain, c'est le Fritz, sentinelle de granit sans grâce, taillée à la hache, posée sur un socle orné d'une croix suisse et de l'inscription 1914-1918. L'endroit, au sommet du col, était à l'époque du conflit situé non loin des frontières de l'Allemagne qui comprenait encore l'Alsace, et de la France.

Plus tard, pendant le second conflit mondial, le monument devint un haut lieu de pèlerinage patriotique. Il continua longtemps d'attirer les foules. Mais en 1964, lors d'une cérémonie pour le cinquantenaire de la Mobilisation de 1914, le conseiller fédéral de service fut chahuté, et son discours sifflé : la Question jurassienne se faisait entendre à grand bruit et forte voix, la sentinelle devenait une cible privilégiée puisqu'elle incarnait une autorité fédérale réticente à résoudre le conflit entre une région francophone et Berne la germanophone à laquelle le Jura avait été rattaché dans les tripatouillages brutaux et arbitraires du Congrès de Vienne en 1815. Les conquêtes et batailles napoléoniennes avaient chamboulé les têtes, on charcutait la carte d'Europe au canif.

La statue du Fritz sera « enlevée » ou kidnappée à deux reprises par le groupement jurassien autonomiste des « Béliers » pour finir par être irrémédiablement endommagée lors d'un incendie volontaire. J'ai fini par trouver le sommeil au bruit des grappes d'enfants qui cheminaient vers l'école.

6

Il faisait trop beau, trop chaud, pour une journée de début octobre. Comme un été attardé. Ou un été indien avancé. Dans la région d'Ajoie, on parle plutôt de l'été de la Saint-Martin, qui intervient plus tard, en novembre, au moment de la fête dédiée à ce cavalier partageur – un coup d'épée, le manteau partagé en deux – afin de marquer la fin des travaux aux champs qui ont duré depuis le printemps, et de se donner aussi des forces pour les longs mois d'hiver qui se profilent à l'horizon, on fait alors bombance avec tout ce qu'on peut tirer du cochon, gelée, boudin, atriaux, bouilli, rôti, saucisses grillées, choucroute, des heures à table, bien arrosées, mais pour l'instant, ce serait plutôt gaspacho ou salades fraîches, vu la canicule attardée. Le week-end approche, on sent une légèreté chez les gens. Je me suis assis sur le talus d'herbe en face de l'entrée de la piscine dont l'ouverture au public a été exceptionnellement prolongée, et depuis une heure j'observe Camille perchée sur sa tour de contrôle. Ce n'est pas la foule des grands jours estivaux, on voit surtout des enfants, des jeunes, excités au bord du bassin. Je voudrais retirer ma veste, mais je suis incapable du moindre mouvement, figé dans l'attente, dans l'angoisse de l'attente. Les minutes passent, et les heures. Finalement Camille se dirige vers le vestiaire des gardiens, puis sort de la piscine par la grande porte à double battant tenue ouverte.

« Alors c'était bien toi, l'autre jour. J'ai cru t'apercevoir, mais je n'étais pas vraiment sûre. » Elle sourit avec prudence. « Comment tu m'as retrouvée ? » Je hausse les épaules, mon front dégouline de sueur, je sens le sel piquant de la transpiration dans mes yeux. Le silence s'installe, je fais une grimace, comme si je réfléchissais, ou comme si j'hésitais. Je voudrais trouver une explication plausible, ou dire simplement, « l'intuition », ou « le hasard ». Camille ne m'en laisse pas le temps, elle me dit avec un regard tendre : « Je suis contente que tu sois là, je ne voyais pas comment retrouver un jour ta trace », elle me prend la main pour m'aider à me relever et m'emmène avec elle en direction de la ville. Je la retiens et lui dis : « J'ai une voiture, garée là-bas. » Elle me regarde, s'approche, et m'embrasse. Sa langue s'agite doucement, elle serre ses bras sur ma taille, et je sais définitivement, à cet instant précis, que je vais partager ma vie avec elle. Tout le reste de ma vie. Où que ce soit.

7

Camille n'aime pas l'idée de la Mustang. C'est une belle voiture, elle ne le nie pas, mais ça fait trop. Trop clinquant, trop riche. « Et puis, on n'a pas besoin de voiture, finalement. Tu n'as qu'à la revendre. » Je pourrais, mais il faudra la dédouaner, et par les temps qui courent, ce n'est pas si simple. Et je ne lui ai pas parlé d'Antoine Rouge au beau passeport rouge à croix blanche. C'est sous cette identité que je veux vivre. Dans ce qui est désormais mon pays.

Elle n'a pas voulu aller chez elle, « il y a trop de désordre, c'est un petit studio, suffisant pour dépanner mais assez moche », et puis elle préfère l'hôtel, « ça nous rappellera notre rencontre ». Elle glisse dans la légèreté de l'air devenu frais avec la nuit. J'admire l'élan de ses pas, ça m'avait frappé dès le premier jour, un pas de danseuse, un pas d'envol.

8

La terrasse le long de la rivière Allaine fait merveille par cette chaude soirée d'octobre, nous sommes pourtant les seuls clients à prendre l'apéritif en sirotant un vin blanc des bords du lac Léman dont j'aime le nom, Épesses. Finalement, nous restons à dîner. Et tout à coup, sans que Camille ne m'ait rien demandé, par un curieux besoin de confidence, je lui explique pour la Dropbox, comment je me suis souvenu du mot de passe qui m'a permis d'accéder à ses fichiers. Et c'est en lisant ces notes et ces petits textes que j'ai découvert la piste pour la rejoindre ici. Un miracle. Elle me regarde, avec des yeux sévères. Elle baisse la tête, semble réfléchir, fronce les sourcils, se redresse, et me dit, sèchement : « Tu n'avais pas le droit. » Je la sens heurtée. « Comment as-tu osé ? ajoute-t-elle. Je sentais bien, dans le Sud, que tu voulais fouiller dans mes affaires, dans mon histoire. Mais là, c'est carrément une intrusion ! Tu comprends ? Une intrusion ! » Elle secoue la tête, esquisse le mouvement de se lever et partir. Je bredouille quelques justifications, aucune autre possibilité ne se présentait de retrouver sa trace, et je n'avais pas vraiment lu, simplement repéré les noms de lieux, des indices possibles dans ma quête désespérée. Elle se rassied, semble réfléchir. Puis elle plonge son regard dans le mien. « Tu es comme les autres. Je pensais que tu étais respectueux, que je pourrais un jour te faire entièrement confiance, mais tu es comme les autres. » Je lui fais encore valoir qu'elle avait laissé le mot de passe dans le petit appartement du bord de mer, que je pouvais penser à un clin d'œil, ou à une invitation. Elle hésite, peut-être ne se souvient-elle pas. Et j'ajoute : « J'imaginais d'ailleurs que tu avais remarqué mon intrusion, que tu savais que j'entrais dans ta box. » Elle me scrute, fixement et curieusement absente. « Oui, j'ai eu ce doute, j'ai pensé que quelqu'un entrait dans ma box, mais pas que ça pouvait être toi. Je ne crois pas. D'ailleurs j'ai changé de mot de passe. » J'acquiesce de la tête. Et je lui lance, à brûle-pourpoint : « Barbara, c'est seulement ta grand-mère ? » Elle secoue la tête, en faisant semblant de ne pas comprendre. J'insiste un peu : « Il n'y a pas d'autre Barbara ? » Elle regarde au loin, les yeux plissés, puis elle enchaîne tout à coup en me parlant de son double passeport. « Ça y est, j'ai reçu le nouveau passeport à croix blanche, biométrique et tout neuf. J'y tiens. Cette nationalité, je l'ai grâce à mon arrière-grand-mère, Barbara, qui s'est battue pour que j'accède à des papiers suisses, et elle les a obtenus, pour ma mère et pour moi. Pendant longtemps, ça ne m'a pas paru très utile, mais aujourd'hui, je suis contente. Pauvre grand-mamie, si elle savait combien tout recommence… » Elle regarde ses mains, prend un air décidé et d'une voix plus basse, elle me glisse dans l'oreille : « On pourra se marier, s'il le faut. Comme ça tu ne seras pas inquiété. » Je ne cache pas ma surprise. Elle sourit. « On a le temps d'en reparler. Dans l'immédiat, la piscine ferme après-demain, fin de la saison. Mais le marché du travail est très ouvert, avec tous les frontaliers qui se sont retrouvés becs de gaz du jour au lendemain, des milliers de postes à repourvoir, des dizaines de milliers même. Pour moi, comme maître-nageuse ou surveillante de bassin, il y a plein de possibilités. À la montagne. Ou sur la riviera. » Avant de poursuivre son chemin, elle voudrait toutefois soigner sa cheville, une entorse qu'elle s'est faite il y a une dizaine de jours, bêtement, en trébuchant sur le bord d'un trottoir, la douleur est persistante. « Je vais essayer le secret, tout le monde me parle de ça, il paraît que ça marche. » On lui a transmis les coordonnées d'un guérisseur réputé.

9

Les rideaux bien tirés obscurcissaient tout à fait la chambre. Je me suis levé à pas de loup, pour ne pas réveiller Camille, j'ai entrebâillé discrètement le lourd tissu pour découvrir, à ma grande surprise, qu'il pleuvait. Et même qu'il pleuvait des cordes, à la verticale, comme s'il n'y avait pas de vent. Quand je me suis recouché, Camille a ouvert un œil, m'a demandé quelle heure il était, je lui ai dit, « bientôt huit heures, il pleut à verse », elle a souri et m'a dit, « alors la piscine restera fermée, ou le gardien suffira à lui seul, on peut faire la grasse matinée », et elle s'est retournée de son côté en s'emballant bien dans la couette. Quelques minutes après, j'entendais le petit ronflement de sa respiration. Je me suis rapproché d'elle pour me lover contre son dos et ses fesses, j'ai posé ma main sur son oreille, ça la rassure, elle me l'a dit, une de nos premières nuits, et le petit ronflement s'est intensifié. Vers dix heures, il pleuvait toujours, elle s'est levée, a ouvert un pan du rideau pour regarder la pluie tomber toujours aussi lourdement, puis elle a enlevé son maillot et elle est revenue au lit, elle a pris ma main gauche pour la poser sur son sein gauche, et de l'autre main elle a attrapé ma queue qui a gonflé aussitôt. Nous avons fait l'amour, longuement, elle a joui, deux fois, de façon rapprochée. Je m'étais retenu au début et le moment était passé. Elle voulait absolument me donner du plaisir à mon tour, mais je lui ai dit, plus tard, ou ce soir. Du plaisir, j'en avais à satiété, elle était là, dans mes bras, je pouvais l'embrasser, sentir son cœur battre, je goûtais sa chaleur, c'était beau d'être ensemble, et d'être bercé par l'idée de l'être encore demain, et après-demain, et pour l'éternité. J'avais tout le temps de jouir. On s'est rendormis, jusqu'en début d'après-midi quand la dame de service a frappé à la porte pour venir « faire la chambre » comme elle dit. Elle repassera demain. Camille se sentait gênée. Elle n'a plus voulu sortir, on s'est passés de manger et on a encore dormi toute une nuit, en se racontant des histoires et plein de choses d'amoureux.

(Épilogue)

Camille tenait à aller à Clairbief, manger la truite au bleu, paraît-il délicieuse, et parce que la ferme-restaurant est dotée d'un jeu de quilles où les joueurs sont sur territoire suisse, tandis que les quilles se trouvent sur territoire français. « J'adore cette idée, s'exclame-t-elle. Enfin, en temps normal. » J'ai pensé à mes deux passeports, au vertige de franchir la frontière, d'y jouer sa vie, à toutes ces personnes pour qui ce n'est pas un choix, je me sentais tout à coup en danger, la douane, la police, cela me faisait peur. Je lui ai dit : « Enfonçons-nous un peu dans la Suisse, c'est mieux. » Mon idée fixe, en venant ici, c'était de disparaître avec elle, dans les campagnes un peu retirées du centre du pays. Une vie dans les bois. « Ah bon, il y a un centre dans ce petit pays ? » m'a-t-elle interrogé avec moquerie.

Pour son dernier dimanche, elle ne commençait le boulot qu'à 14 heures, en raison d'une ouverture spéciale plus tardive le soir, afin de fêter la fin de la saison. Nous sommes donc allés dans une autre petite auberge du bord du Doubs, plus proche, et de bonne heure, c'était presque plein dès avant midi, les gens mangent tôt dans la région. Elle a dépiauté délicatement sa truite, prenant un évident plaisir à verser ensuite le beurre noisette, puis nous sommes rentrés à vive allure. Je l'ai déposée à proximité de la piscine municipale quelques minutes avant sa prise de poste, elle m'a embrassé avec une vraie joie sur le visage et elle m'a dit : « À partir de demain plus d'horaires ! et maintenant je pourrai être complètement avec toi », elle est partie d'un pas sautillant puis s'est retournée et a ajouté : « Et plus de bagnole ! » Quand elle a quelque chose en tête...

C'est alors venu comme une lumière. Une épiphanie. Je suis allé remettre un peu d'essence, le réservoir était presque vide, et je suis parti par les routes ensoleillées jusqu'au Paradis. Le paysan n'a pas tout de suite compris, j'ai dû lui expliquer à deux reprises, et à la fin, il était tout content. « C'est une superbe voiture. Mais vous êtes sûr ? » Il la méritait, et il saurait l'apprécier beaucoup plus que moi. Je lui ai signé un document sur papier libre, pour le changement de carte grise, il se débrouillerait pour dédouaner le véhicule, ou il garderait la plaque d'immatriculation, au nom de Robert Bloch-Laroche, « ça sonne bien », a-t-il soufflé avant de hocher la tête, et je lui ai simplement demandé de me déposer à Porrentruy. C'est lui qui a pris le volant, il conduisait avec aisance, dans les virages en particulier, il savait freiner à leur approche et accélérer dans la courbe, enchaînement que je n'ai jamais bien maîtrisé.

Et ce matin, nous sommes avec Camille sur un chemin de bord de rivière, dans la fraîcheur de quelques arbres et le parfum de l'herbe coupée, un mercredi de soleil et de chaleur déjà installée. Seuls quelques passages de tracteurs, rares, viennent interrompre le clapotis de l'eau. Son entorse n'est plus qu'un mauvais souvenir, elle gambade à son aise. C'est incroyable, le type ne l'a même pas rencontrée pour de vrai, ça s'est fait par téléphone, et le lendemain, elle était guérie, c'est du moins sa version. Elle porte un marcel et un bob, un jean, des baskets, elle respire la joie, et à ses côtés je retrouve la sensation de respirer, une double bouffée de liberté et de beauté, comme je l'éprouvais quand, adolescent, je m'échappais de chez moi, du cocon familial, pour filer dans les bois, avec des amies ou des amis, cette impression puissante et fugace de briser les murs, les contraintes, et que tout à coup le monde s'offre à vous, dans son apparence liquide et malléable.

Le vent caresse nos tempes, il fait frissonner les tiges de maïs, aussi grandes que nous, sinon plus. La petite route étroite, une fois quitté le village, monte vers la forêt, une grande forêt à perte de vue, mais avant d'y pénétrer, je fais une halte pour admirer un énorme noyer solitaire, à l'imposante silhouette. Sans doute a-t-il passé les cent ans, voire les deux cents. Je songe à tous les amoureux qui se sont couchés dans son ombre, aux désespérés qui sont venus retrouver du courage en contemplant son tronc, en devinant ses profondes racines.

Après une bonne heure de marche, nous arrivons au bord d'un plan d'eau, situé en bas d'une pente plus raide. La chaleur est montée de quelques degrés au fil des heures. Camille se déshabille. Elle m'adresse un regard de défi, et elle plonge dans l'eau que je devine très fraîche à ses petits cris. Je la rejoins. Nous nous embrassons langoureusement, ses seins viennent se plaquer contre mon torse comme deux ventouses. Elle se met à me caresser, d'abord lentement, avec précaution, puis elle accélère son mouvement de la main, et bientôt quelques petites perles laiteuses remontent à la surface. Elle love son visage dans mon cou et me glisse dans l'oreille : « Je t'aime… » Puis elle s'écarte légèrement et me dit avec sérieux : « Avant de disparaître, comme tu dis, j'aimerais voir le lac Léman, et Montreux. »

Un peu plus loin, sur le chemin du retour, au moment où notre trajet s'écarte de la rivière, elle me dit de continuer, elle veut faire une pause, rester seule quelques instants, elle me rejoindra vite. Je continue donc d'un pas hésitant, et au bout d'une cinquantaine de mètres, je tourne vaguement la tête, elle a pris son élan et lance un morceau de tissu rouge qui fait un gros plouf en tombant dans l'eau, c'était peut-être un caillou qu'elle avait emballé, ou autre chose, sans doute autre chose, d'un peu lourd. Bientôt, elle est à ma hauteur, juste dans mon dos, elle passe ses bras sur mes épaules, et me glisse au creux de l'oreille, « la destruction des biens est parfois une vengeance supérieure à la suppression des personnes », puis elle se tait. Je ne trouve rien à répondre.

Nous avons récupéré quelques affaires chez elle et à l'hôtel, dont la tente bien roulée en boudin à l'intérieur de son étui, et nous avons sauté dans le premier train pour arriver sur la riviera vaudoise en fin d'après-midi. Même les innombrables enveloppes d'argent dans la petite valise ne m'inquiètent plus. On verra bien. Le temps est aboli. « Nous allons tout faire en train, a-t-elle insisté, le pays est plus grand que tu ne crois, on découvrira au fur et à mesure. » Je lui ai répondu : « D'accord. Mais sans abonnement. Ça coûtera un peu plus cher, mais je préfère, et avec le système sans réservation à la place, on ne laissera aucune trace. »

Camille est une étoile filante. En italien, on dit *stella cadente,* « étoile tombante », c'est plus conforme à la réalité, mais c'est moins beau. Le soir, au bord de l'eau, dans le murmure des fines vagues qui viennent clapoter contre les rochers et les galets, elle me demande pourquoi ça ne lui arrive jamais de voir les étoiles filantes. Je fais semblant de réfléchir, et je lui lance : « Parce qu'elles sont toutes déjà tombées sur la Terre. » Et j'ajoute : « Tu peux regarder les oiseaux, interpréter leur passage dans le ciel. Ça revient au même, c'est de bon augure. » Nous restons silencieux dans la pénombre. Au bout de quelques minutes elle se tourne vers moi et me demande à voix basse : « Tu vas continuer à faire passer des gens ? » Je suis interloqué. Rien ne devrait se savoir de tout cela. Le secret a été percé. Elle ajoute : « Parce que j'aimerais t'aider. On ne peut pas rester les bras croisés. » Elle redresse la tête, tend son bras gauche et pointe le doigt vers la nappe scintillante du lac. « Regarde, là-bas, ces lumières. C'est la France. C'est Évian. » Et elle murmure, rêveusement : « C'est quand même beau, aussi, la France. »

TABLE

DU MÊME AUTEUR

L'OMBRE DE MÉMOIRE, roman, Christian Bourgois, 1990 ; Folio, 1999.

ROLAND BARTHES, VERS LE NEUTRE, essai, Christian Bourgois, 1991.

ALLÉES ET VENUES, nouvelles, Christian Bourgois, 1992.

LE XIXe SIÈCLE DES PANORAMAS, essai, Adam Biro, 1993.

FLORENCE, RETOURS, roman, Christian Bourgois, 1994 ; Folio, 2000.

LES FOURMIS DE LA GARE DE BERNE, récit, Zoé, 1996.

L'ONGLE NOIR, récit, Mille et Une Nuits, 1997.

ÉCLATS CUBAINS, récit-mosaïque, photographies de Jean-Luc Cramatte, Verticales/Grimoux, 1998.

DIE FRAUEN DER ANTIKE, avec Anselm Kiefer, Yvon Lambert, 1999.

THE PANORAMA, Reaktion Books (Londres) et Abrams (New York), 1999.

MÊME LES OISEAUX, nouvelles, Christian Bourgois, 1998 ; J'ai lu, 2000.

LE COLLOQUE DES BUSTES, roman, Christian Bourgois, 2000 ; Folio, 2002.

DOUCET DE FONDS EN COMBLES, TRÉSORS D'UNE BIBLIOTHÈQUE D'ART, Herscher, 2004.

UN POISSON HORS DE L'EAU, roman, Le Seuil, 2004 ; Points, 2007.

ENTRE DEUX, UNE ENFANCE EN AJOIE, récit, Adam Biro, 2007.

TRIPTYQUE DE L'ONGLE, récits, Joca Seria, 2008.

TOUT PASSE, nouvelles, Christian Bourgois, 2011.

RIMES/RHYMES, avec Lou Reed, Photosynthèses, 2012.

NEPTUNE AVENUE, roman, Grasset, 2019.

Collection littéraire dirigée par Martine Saada

DOMINIQUE EDDÉ, *Le Palais Mawal*
PASCAL QUIGNARD, *Les Heures heureuses*
THIERRY THOMAS, *Feydeau s'en va*
ALAIN VEINSTEIN, *Léna*, sur les pas de *L'Accordeur*

Composition : Nord Compo
Impression : Imprimerie Floch, mai 2024
Éditions Albin Michel
22, rue Huyghens, 75014 Paris
www.albin-michel.fr
ISBN : 978-2-226-48189-4
N° d'édition 25358/01 – N° d'impression : 104936
Dépôt légal : août 2024
Imprimé en France